Ferdinand von Schirach
Der Fall Collini

PIPER

Zu diesem Buch

Vierunddreißig Jahre hat der Italiener Fabrizio Collini als Werkzeugmacher bei Mercedes-Benz gearbeitet. Unauffällig und unbescholten. Und dann ermordet er in einem Berliner Luxushotel einen alten Mann. Grundlos, wie es aussieht. Als der junge Anwalt Caspar Leinen die Pflichtverteidigung für Fabrizio Collini zugewiesen bekommt, erscheint ihm der Fall die vielversprechende Karrierechance zu sein, auf die er gewartet hat. Doch als er erfährt, um wen es sich bei dem Mordopfer handelt, wird der Prozess zu seinem persönlichen Albtraum: Der Tote, ein angesehener deutscher Industrieller, ist der Großvater seines besten Freundes. In Leinens Erinnerung ein freundlicher, warmherziger Mann. Wieder und wieder versucht er die Tat zu verstehen, doch Collini schweigt beharrlich. Und so muss Leinen gegen seine eigenen Überzeugungen einen Mann verteidigen, der nicht einmal verteidigt werden will.

Ferdinand von Schirach, geboren 1964 in München, arbeitet seit 1994 als Strafverteidiger in Berlin. Seine Erzählungsbände »Verbrechen« und »Schuld« wurden, genau wie sein erster Roman »Der Fall Collini«, zu internationalen Bestsellern. In mehr als dreißig Ländern erschienen Übersetzungen. Die Erzählungen werden zurzeit verfilmt.

Ferdinand von Schirach

DER FALL
COLLINI

Piper München Zürich

Mehr über unsere Autoren und Bücher:
www.piper.de

Von Ferdinand von Schirach liegen bei Piper vor:
Verbrechen
Schuld
Glück und andere Verbrechen
Der Fall Collini
Carl Tohrbergs Weihnachten

MIX
Papier aus verantwor-
tungsvollen Quellen
FSC® C083411

Ungekürzte Taschenbuchausgabe
Februar 2013
© 2011 Piper Verlag GmbH, München
Umschlaggestaltung: Kornelia Rumberg, www.rumbergdesign.de
Umschlagmotiv: Philip and Karen Smith/Getty Images
Satz: Satz für Satz. Barbara Reischmann, Leutkirch
Gesetzt aus der Swift
Papier: Munken Print von Arctic Paper Munkedals AB, Schweden
Druck und Bindung: CPI – Clausen & Bosse, Leck
Printed in Germany   ISBN 978-3-492-30146-6

»Wir sind wohl alle für das geschaffen, was wir tun.«

Ernest Hemingway

1

Später würden sich alle daran erinnern, der Etagen-
kellner, die beiden älteren Damen im Aufzug, das
Ehepaar auf dem Flur im vierten Stock. Sie sagten,
dass der Mann riesig war, und alle sprachen von dem
Geruch: Schweiß.

Collini fuhr in die vierte Etage. Er suchte die Nummern ab, Zimmer 400, »Brandenburg Suite«. Er
klopfte.

»Ja?« Der Mann im Türrahmen war fünfundachtzig Jahre alt, aber er sah viel jünger aus, als Collini
erwartet hatte. Schweiß rann Collini den Nacken
runter.

»Guten Tag, Collini vom ›Corriere della Sera‹.«
Er sprach undeutlich und fragte sich, ob der Mann
einen Ausweis verlangen würde.

»Ja, freut mich, kommen Sie doch bitte rein. Wir machen das Interview am besten hier.« Der Mann streckte Collini die Hand hin. Collini wich zurück, er wollte ihn nicht anfassen. Noch nicht.

»Ich schwitze«, sagte Collini. Es ärgerte ihn, dass er das gesagt hatte, es klang komisch. So etwas würde niemand sagen, dachte er.

»Ja, wirklich sehr schwül heute, es müsste bald regnen«, sagte der alte Mann freundlich, obwohl es nicht stimmte: Die Räume hier waren kühl, die Klimaanlage hörte man kaum. Sie gingen in das Zimmer, beiger Teppich, dunkles Holz, große Fenster, alles teuer und solide. Vom Fenster aus konnte Collini das Brandenburger Tor sehen, es kam ihm merkwürdig nah vor.

Zwanzig Minuten später war der Mann tot. Vier Projektile waren in seinen Hinterkopf eingedrungen, eines hatte sich im Gehirn gedreht, war wieder ausgetreten und hatte das halbe Gesicht weggerissen. Der beige Teppich saugte das Blut auf, der dunkle Umriss wurde langsam größer. Collini legte die Pistole auf den Tisch. Er stellte sich neben den Mann am Boden, starrte auf die Altersflecken auf dessen Handrücken. Mit dem Schuh drehte er den Toten um. Plötzlich trat er mit dem Absatz in das Gesicht des Toten, er sah ihn an, dann trat er wieder zu. Er konnte nicht aufhören, wieder und wieder trat er zu, Blut und Gehirnmasse spritzten auf seine Hosenbeine, auf den Teppich, gegen das Bettgestell. Der Gerichtsmediziner konnte später die Anzahl der Tritte nicht rekonstruieren, Wangen-, Kiefer-, Nasen- und Schädelknochen brachen unter der Wucht. Collini hörte erst auf, als der Absatz seines Schuhs abriss. Er setzte sich auf das Bett, Schweiß lief ihm über das Gesicht. Sein Puls beruhigte sich nur langsam. Er wartete, bis er wieder gleichmäßig atmete. Er stand auf, bekreuzigte sich, verließ das Zimmer und fuhr mit dem Lift ins Erdgeschoss. Er humpelte, weil der Absatz fehlte, die herausstehenden Nägel kratzten auf dem Marmor. In der Lobby sagte er der jungen Frau hinter der Theke, sie solle die Polizei rufen. Sie stellte Fragen, gestikulierte. Collini sagte nur: »Zimmer 400, er ist tot.« Neben ihm, auf der elektronischen Tafel in der Lobby, stand: »23. Mai 2001, 20 Uhr, Spreesaal: Verband der Deutschen Maschinenindustrie«.

Er setzte sich auf eines der blauen Sofas in der Lobby. Ob er ihm etwas bringen dürfe, fragte der Kellner, Collini antwortete nicht. Er starrte auf den Boden. Seine Schuhabdrücke konnten auf dem Marmor im Erdgeschoss, im Lift und bis in die Suite zurückverfolgt werden. Collini wartete auf seine Festnahme. Er hatte sein ganzes Leben gewartet, er war immer stumm geblieben.

2

»Notdienst der Strafverteidiger, Rechtsanwalt Caspar Leinen.« Das Display des Telefons zeigte eine Nummer aus dem Strafgericht.

»Amtsgericht Tiergarten, Köhler, ich bin Ermittlungsrichter. Hier sitzt ein Beschuldigter ohne Verteidiger. Die Staatsanwaltschaft beantragt Haftbefehl wegen Mordes. Wie lange brauchen Sie, um ins Gericht zu kommen?«

»Etwa fünfundzwanzig Minuten.«

»Gut, ich lasse den Beschuldigten in vierzig Minuten vorführen. Melden Sie sich in Raum 212.«

Caspar Leinen legte auf. Wie viele junge Anwälte hatte er sich in die Liste für den Notdienst der Strafverteidigervereinigung eintragen lassen. Am Wochenende bekamen die Anwälte ein Handy und mussten in Bereitschaft bleiben. Polizei, Staatsanwaltschaft und Richter hatten diese Telefonnummer. Wurde jemand festgenommen und verlangte einen Anwalt, konnten die Behörden dort anrufen. Junge Anwälte bekamen so die ersten Mandate.

Leinen war seit zweiundvierzig Tagen Rechtsanwalt. Nach dem zweiten Staatsexamen hatte er sich ein Jahr treiben lassen, er war durch Afrika und Europa gefahren, meist hatte er bei ehemaligen Schulfreunden aus seinem Internat gewohnt. Seit ein paar Tagen hing sein Schild am Hauseingang: »Rechtsanwalt Caspar Leinen«. Er fand es etwas zu pompös, aber es gefiel ihm trotzdem. Die Kanzlei, zwei Zimmer, lag im Hinterhaus einer Seitenstraße des Kurfürstendamms. Es gab zwar keinen Aufzug und die Mandanten mussten durch ein enges Treppenhaus, aber Leinen war sein eigener Herr und nur sich selbst verantwortlich.

Es war Sonntagvormittag, seit Stunden räumte er das Büro auf. Überall standen offene Umzugskartons, die Besucherstühle stammten von einem Flohmarkt, der Metallschrank für die Akten war vollkommen leer. Den Schreibtisch hatte ihm sein Vater geschenkt.

Nach dem Anruf des Richters suchte Leinen sein Jackett. Er fand es unter einem Stapel Bücher. Die neue Robe zog er vom Fenstergriff, stopfte sie in seine Aktentasche und rannte los. Zwanzig Minuten nach dem Anruf stand er im Zimmer des Ermittlungsrichters.

»Rechtsanwalt Leinen, guten Tag, Sie hatten mich angerufen.« Er war etwas außer Atem.

»Ah, vom Notdienst, ja? Gut, gut. Köhler.« Der Richter stand auf, um ihm die Hand zu geben. Ungefähr fünfzig Jahre alt, Salz-und-Pfeffer-Jackett, Lesebrille. Er sah freundlich aus, vielleicht etwas zerstreut. Aber das täuschte.

»Mordsache Collini. Wollen Sie noch mit Ihrem Mandanten sprechen? Wir müssen sowieso noch auf den Staatsanwalt warten. Der Abteilungsleiter, Oberstaatsanwalt Reimers, kommt selbst, obwohl es ein Wochenende ist … Na ja, wahrscheinlich eine Berichtssache. Also, wollen Sie mit ihm sprechen?«

»Gerne«, sagte Leinen. Für einen Moment überlegte er, was so wichtig an dieser Mordsache sein könnte, dass Reimers selbst kam, aber er vergaß diesen Gedanken, als der Wachtmeister eine Tür öffnete. Direkt dahinter führte eine schmale Steintreppe steil abwärts. Die Gefangenen wurden über diese Treppe aus der Haftanstalt zum Richter gebracht. Auf dem ersten Absatz stand im Halbdunkel ein riesiger Mann, er lehnte an der gekalkten Wand und verdeckte mit seinem Kopf beinahe vollständig die einzige Leuchte. Seine Hände waren mit Handschellen auf den Rücken gebunden.

Der Wachtmeister ließ Leinen durch und schloss die Tür hinter ihm. Leinen war mit dem Mann allein.

»Guten Tag, mein Name ist Leinen, ich bin Rechtsanwalt.« Es war nicht viel Platz auf dem Absatz, der Mann stand zu nahe.

»Fabrizio Collini.« Der Mann sah Leinen nur kurz an. »Ich brauche keinen Anwalt.«

»Doch, den brauchen Sie. Nach dem Gesetz müssen Sie sich in einer solchen Sache von einem Anwalt verteidigen lassen.«

»Ich will mich nicht verteidigen«, sagte Collini. Auch sein Gesicht war riesig. Breites Kinn, der Mund nur ein Strich, die Stirn vorgewölbt. »Ich habe den Mann getötet.«

»Haben Sie bei der Polizei schon ausgesagt?«

»Nein«, sagte Collini.

»Dann sollten Sie auch jetzt schweigen. Wir reden, wenn ich die Akte kenne.«

»Ich möchte nicht sprechen.« Seine Stimme war dunkel und fremd.

»Sind Sie Italiener?«

»Ja. Aber ich lebe seit fünfunddreißig Jahren in Deutschland.«

»Soll ich Ihre Familie benachrichtigen?«

Collini sah ihn nicht an. »Ich habe keine Familie.«

»Freunde?«

»Es gibt niemanden.«

»Dann fangen wir jetzt an.«

Leinen klopfte, der Wachtmeister öffnete wieder die Tür. Im Verhandlungszimmer saß Oberstaatsanwalt Reimers bereits am Tisch, Leinen stellte sich kurz vor. Der Richter zog aus dem Stapel vor sich eine Akte. Collini setzte sich auf eine Holzbank hinter einem niedrigen Gitter, neben ihm stand der Wachtmeister.

»Bitte nehmen Sie dem Beschuldigten die Handschellen ab«, sagte Köhler. Der Wachtmeister schloss sie auf, Collini rieb sich die Handgelenke. Leinen hatte noch nie so große Hände gesehen.

»Guten Tag. Mein Name ist Köhler, ich bin heute der für Sie zuständige Ermittlungsrichter.« Er deutete auf den Staatsanwalt. »Das ist Oberstaatsanwalt Reimers, Ihren Verteidiger kennen Sie ja bereits.« Er räusperte sich, sein Ton wurde sachlich, er sprach jetzt ohne jede Betonung. »Fabrizio Collini, Sie sind heute hier, weil die Staatsanwaltschaft einen Haftbefehl gegen Sie wegen Mordes beantragt hat. Das ist der Termin, an dem ich entscheide, ob ich den Haftbefehl erlasse. Verstehen Sie ausreichend Deutsch?«

Collini nickte.

»Bitte nennen Sie Ihren vollen Namen.«

»Fabrizio Maria Collini.«

»Wann und wo sind Sie geboren?«

»26. März 1934 in Campomorone bei Genua.«

»Staatsangehörigkeit?«

»Italienisch.«

»Wo sind Sie gemeldet?«

»In Böblingen, Taubenstraße 19.«

»Welchen Beruf haben Sie?«

»Ich bin Werkzeugmacher. Ich habe vierunddreißig Jahre beim Daimler gearbeitet, zuletzt als Meister. Seit vier Monaten bin ich pensioniert.«

»Danke.« Der Richter schob Leinen den Haftbefehl über den Tisch, zwei Seiten auf rotem Papier. Er war noch nicht unterschrieben. Die Angaben stammten aus dem Bericht der Mordkommission. Der Richter las ihn vor. Fabrizio Collini habe Jean-Baptiste Meyer in der Suite 400 im Hotel Adlon getroffen und ihn mit vier Schüssen in den Hinterkopf getötet. Er habe sich bisher nicht geäußert, werde aber durch die Fingerabdrücke an der Schusswaffe, die Blutanhaftungen an seiner Kleidung und seinen Schuhen, die Schmauchspuren an seinen Händen und die Aussagen von Zeugen überführt.

»Herr Collini, haben Sie den Vorwurf verstanden?«

»Ja.«

»Nach dem Gesetz steht es Ihnen frei, sich zu den Vorwürfen zu äußern. Wenn Sie schweigen, kann das nicht gegen Sie verwendet werden. Sie können Beweiserhebungen beantragen, zum Beispiel

Zeugen benennen. Sie können sich jederzeit mit einem Rechtsanwalt beraten.«

»Ich möchte nichts sagen.«

Leinen musste immer wieder auf Collinis Hände sehen.

Köhler wandte sich an seine Protokollführerin. »Bitte schreiben Sie: Der Angeklagte will sich nicht äußern.« Zu Leinen sagte er: »Möchten Sie etwas für den Beschuldigten erklären, Herr Verteidiger?«

»Nein.« Leinen wusste, dass es im Moment keinen Sinn hatte, etwas zu sagen.

Richter Köhler drehte seinen Stuhl zu Collini. »Herr Collini, ich erlasse gegen Sie den Haftbefehl, den ich Ihnen eben vorgelesen habe. Sie haben die Möglichkeit, gegen meine Entscheidung Beschwerde einzureichen oder Haftprüfung zu beantragen. Besprechen Sie das mit Ihrem Anwalt.« Während er sprach, unterzeichnete er den Haftbefehl. Dann sah er kurz zu Reimers und Leinen auf. »Noch Anträge?«, fragte er.

Reimers schüttelte den Kopf und packte seine Akten zusammen.

»Ja. Ich beantrage Akteneinsicht«, sagte Leinen.

»Ist im Protokoll vermerkt. Noch etwas?«

»Ich beantrage Haftprüfung in mündlicher Verhandlung.«

»Ebenfalls vermerkt.«

»Und ich beantrage, mich dem Beschuldigten als Pflichtverteidiger beizuordnen.«

»Jetzt schon? Na gut. Hat die Staatsanwaltschaft Einwände?«, fragte Köhler.

»Nein«, sagte Reimers.

»Dann ergeht folgender Beschluss: Rechtsanwalt Leinen wird dem Beschuldigten Fabrizio Collini als Pflichtverteidiger in diesem Verfahren beigeordnet. Das ist alles?«

Leinen nickte. Die Protokollführerin zog aus dem Drucker ein Blatt und gab es Köhler. Er überflog es kurz und reichte es Leinen weiter. »Das Protokoll der Sitzung. Ihr Mandant soll es bitte unterzeichnen.«

Leinen stand auf, las es und legte es auf die hölzerne Schreibunterlage, die auf das Gitter vor die Beschuldigtenbank geschraubt war. Der Kugelschreiber war mit einer dünnen Schnur an das Holzbrett gebunden. Collini riss sie ab, stammelte eine Entschuldigung und unterschrieb das Papier. Leinen gab es dem Richter zurück.

»So, das war's dann für heute. Herr Wachtmeister, bitte bringen Sie Herrn Collini rüber. Auf Wiedersehen meine Herrn«, sagte der Richter. Der Wachtmeister schloss die Handschellen wieder um die Hände Collinis und verließ mit ihm das Richterzimmer. Leinen und Reimers standen auf.

»Ach, Herr Leinen«, sagte Köhler. »Bleiben Sie noch einen Moment.«

Leinen drehte sich im Türrahmen um. Reimers verließ das Zimmer.

»Ich wollte das nicht vor Ihrem Mandanten fragen: Wie lange sind Sie jetzt Rechtsanwalt?«

»Ungefähr einen Monat.«

»Ihre erste Haftbefehlsverkündung?«

»Ja.«

»Dann will ich Ihnen das nachsehen. Aber tun Sie mir doch den Gefallen und schauen Sie sich einmal hier in diesem Zimmer um. Sehen Sie irgendwo Zuhörer?«

»Nein.«

»Sie sehen richtig: Es gibt hier keine Zuhörer, es gab noch nie welche und es wird nie welche geben. Haftverkündungen und Haftprüfungen sind nämlich nicht öffentlich. Das wissen Sie doch noch, oder?«

»... Ja ...«

»Und warum, zum Teufel, tragen Sie dann in meinem Verhandlungszimmer eine Robe?«

Für eine Sekunde schien der Richter Leinens Unsicherheit zu genießen. »Schon gut, für's nächste Mal. Viel Glück bei der Verteidigung.« Er nahm die nächste Akte vom Stapel.

»Wiedersehen«, murmelte Leinen, der Richter antwortete nicht.

Vor der Tür stand Reimers und wartete auf ihn.

»Sie können die Akte am Dienstag auf meiner Geschäftsstelle abholen, Herr Leinen.«

»Danke.«

»Waren Sie nicht Referendar bei uns?«

»Ja, vor zwei Jahren. Ich habe seit Kurzem meine Zulassung.«

»Ich erinnere mich«, sagte Reimers. »Und jetzt schon den ersten Mord, gratuliere. Wohl aussichtslos für die Verteidigung ... Aber irgendwann muss man ja anfangen.«

Reimers verabschiedete sich und verschwand in einem Seitenflügel. Leinen ging langsam den Flur runter in Richtung Ausgang. Er war froh, endlich allein zu sein. Er sah sich die Supraporten an, Reliefs aus Gips: Ein weißer Pelikan hackt sich die Brust auf, um mit seinem Blut die Jungen zu nähren. Er setzte sich auf eine Bank, las den Haftbefehl noch einmal, zündete sich eine Zigarette an und streckte seine Beine aus.

Er hatte immer Strafverteidiger werden wollen. Während des Referendariats hatte er in einer der großen Wirtschaftskanzleien gearbeitet. In der Woche nach dem Examen bekam er vier Einladungen zu Vorstellungsgesprächen, er ging zu keinem der Interviews. Leinen mochte diese Achthundert-Anwälte-Büros nicht. Die jungen Leute dort sahen aus wie Bankiers, sie hatten erstklassige Examina, kauften Autos, die sie sich nicht leisten konnten, und wer am Ende der Woche den Mandanten die meisten Stunden in Rechnung stellte, war der Sieger. Die Partner solcher Sozietäten hatten ihre zweite Ehe hinter sich, sie trugen am Wochenende gelbe Kaschmirpullover und karierte Hosen. Ihre Welt bestand aus Zahlen, Aufsichtsratsposten, einem Beratervertrag mit der Bundesregierung und einer nicht endenden Reihe von Konferenzräumen, Flughafenlounges und Hotellobbys. Für alle dort war die größte Katastrophe, wenn ein Fall vor Gericht ging, Richter galten als Risiko. Aber genau das war es, was Caspar Leinen wollte: Er wollte eine Robe anziehen und seine Mandanten verteidigen. Und jetzt war er hier.

3

Caspar Leinen hatte den Rest des Sonntags an einem See in Brandenburg verbracht. Über den Sommer hatte er dort ein kleines Haus gemietet. Er hatte auf dem Steg gelegen, gedöst und den Jollen und Windsurfern zugesehen. Auf dem Rückweg war er noch einmal in der Kanzlei vorbeigegangen, und jetzt hörte er zum zehnten Mal den Anrufbeantworter ab.

»Hallo Caspar, hier ist Johanna. Bitte ruf mich sofort zurück.« Dann sagte sie ihre Nummer, das war alles. Er setzte sich zwischen die Kartons auf den Boden neben das Gerät, drückte immer wieder die Wiederholungstaste, lehnte den Kopf an die Wand und schloss die Augen. Es war stickig in dem kleinen Zimmer, seit Tagen stand die Luft in der Stadt.

Johannas Stimme hatte sich nicht verändert. Sie

war immer noch weich, noch immer etwas zu ge-
dehnt, und plötzlich war alles wieder da: Roßthal,
das helle Grün unter den Kastanienbäumen, der Geruch des Sommers, als er noch ein Junge war.

—

Sie lagen auf dem flachen Dach der Gärtnerei und
sahen in den Himmel. Die Teerpappe war warm unter ihnen, die Jacken hatten sie unter die Köpfe gelegt. Philipp sagte, er habe Ulrike, die Tochter des
Bäckers, geküsst.

»Und?«, fragte Caspar. »Durftest du mehr?«

»Hmm«, sagte Philipp und ließ es lieber offen.

Die Thermoskanne mit kaltem Tee stand zwischen
ihnen, sie war mit ausgeblichenem Peddigrohr um-
wickelt. Philipps Großvater hatte sie aus Afrika mitgebracht. Von der Terrasse des Hauses hörten sie die
Köchin nach ihnen rufen. Sie blieben trotzdem liegen. Hier im Schatten der alten Bäume, die Philipps
Urgroßvater gepflanzt hatte, bewegte sich alles lang-
samer an diesem Spätsommernachmittag. Wenn es
so weitergeht, werde ich nie ein Mädchen küssen,
dachte Caspar. Er war zwölf Jahre alt, Philipp und er
gingen auf das gleiche Internat am Bodensee.

Caspar war froh, in den Ferien nicht nach Hause
fahren zu müssen. Sein Vater besaß etwas ererbten

Wald in Bayern, es reichte zum Leben. Er wohnte alleine in einem dunklen Forsthaus aus dem 17. Jahrhundert. Die Wände waren dick, die Fenster winzig, geheizt wurde nur mit Kaminen. Überall hingen Geweihe und ausgestopfte Vögel. Caspar hatte seine ganze Kindheit in dem Haus gefroren. Haus und Vater rochen nach weicher Lakritze im Sommer – es war der Geruch von Ballistol, einem Öl, mit dem die Jagdwaffen gereinigt wurden. Mit Ballistol wurden auch alle Krankheiten behandelt, es wurde auf Wunden geschmiert, auf schmerzende Zähne und selbst wenn Caspar Husten hatte, bekam er ein Glas heißes Wasser mit diesem Öl. Die einzige Zeitschrift, die es zu Hause gab, war »Wild und Hund«. Die Ehe von Caspars Eltern war ein Irrtum gewesen. Vier Jahre nach der Hochzeit reichte seine Mutter die Scheidung ein. Der Vater sagte später, eigentlich habe sie es nur nicht ertragen, dass er immer mit Gummistiefeln herumlaufe. Seine Mutter lernte einen anderen Mann kennen, der zu Hause nur »Der Herr Parvenü« genannt wurde, weil er eine Uhr trug, die mehr kostete als der Wald im Jahr einbrachte. Die Mutter zog mit dem neuen Mann nach Stuttgart, sie bekamen zwei weitere Kinder. Caspar blieb bei seinem Vater im Forsthaus, bis er ins Internat kam. Damals war er zehn gewesen.

»Okay, wir müssen wohl«, sagte Philipp. »Ich hab Hunger.«

Sie kletterten vom Dach und gingen hoch zum Haus.

»Sollen wir nachher schwimmen?«, fragte Philipp.

»Lieber angeln«, sagte Caspar.

»Stimmt, angeln ist besser. Wir können die Fische grillen.«

Nachdem die Köchin geschimpft und die Jungen ihr gesagt hatten, dass sie zu weit weg gewesen seien, um sie zu hören, gab es lange Brote mit Schinken und Butter. Sie aßen wie immer in der Küche und nicht bei Philipps Eltern oben. Caspar war gerne hier unten. Es gab unzählige weiße Schubladen, beschriftet mit schwarzer Tinte: Salz, Zucker, Kaffee, Mehl, Kümmel. Wenn der Postbote morgens kam, setzte er sich mit an den Tisch. Alle sahen gemeinsam die Absender der Briefe durch und lasen die Postkarten, bevor sie zu Philipps Eltern hochgebracht wurden.

Jeden zweiten Nachmittag hatte Philipp Nachhilfe, Caspar durfte so lange in das Büro von Philipps Großvater, Hans Meyer. Manchmal spielten sie dann auf einem sehr alten Brett Schach. Meyer war geduldig mit dem Jungen, ab und zu ließ er ihn gewinnen und schenkte ihm zum Sieg etwas Geld.

Hans Meyer leitete noch immer den Familienkonzern. Sein Großvater hatte die Meyer-Werke 1886 gegründet, Hans Meyer hatte sie nach dem Zweiten Weltkrieg zu einem Weltunternehmen gemacht. Die Firma stellte vor allem Maschinen her, aber auch chirurgische Instrumente, Plastik und Kartonagen. Anfang des 20. Jahrhunderts kaufte Hans Meyers Vater eine riesige Sumpffläche vor der Stadt. Architekten und Landschaftsgärtner aus Berlin kamen, sie legten das Gebiet trocken. Ein Park mit Straßen, Schotter- und Waldwegen, Rasenflächen, exotischen Bäumen und einer Kastanienallee entstand. Die Bäche wurden zu drei Teichen gestaut, in den größten wurde eine künstliche Insel gesetzt, die über eine hellblaue chinesische Brücke zu erreichen war. Es gab einen Tennisplatz mit rotem Sand, ein offenes Schwimmbad, eine Gärtnerei, ein Gästehaus und ein Haus für den Fahrer und seine Familie. Unten im Park war eine Orangerie mit bleigefassten Scheiben, zu der man über einen Fliederweg gelangte. Das Haupthaus wurde 1904 auf einem kleinen Hügel gebaut, eine breite Freitreppe führte zu einer Steinterrasse mit vier runden Säulen. Obwohl es über dreißig Zimmer gab und in den Seitenflügeln sechs Garagen untergebracht waren, wirkte das Haus leicht und schien in die Landschaft zu gehören. Immer schon wurden die Fensterläden dunkelgrün gestrichen, und daher hieß es in der Familie nur das »Grüne Haus«. Der Name war auch sonst gut gewählt, denn eine Seite des Hauses war ganz von Efeu bewachsen, und hinter dem Haus standen acht alte Kastanien, unter deren hohen Kronen die Familie an den Wochenenden im Sommer zu Abend aß.

Hans Meyer war der Einzige in Roßthal, der sich mit den Kindern beschäftigte. Er erklärte ihnen, wie man Baumhütten ohne Nägel baute und wo man die besten Regenwürmer fand. Einmal schenkte er Philipp und Caspar Messer mit Griffen aus Birkenholz. Er zeigte ihnen, wie man damit Pfeifen schnitzte, und die Jungen stellten sich vor, wie sie nachts die Familie gegen Einbrecher verteidigten. Es war der letzte Sommer, der alleine ihnen gehörte. Die Erwachsenen kümmerten sich nicht um sie, und sie hatten noch kaum einen Begriff von Zeit, der über einen Tag hinausging. Ihre einzige Sorge war, dass die Fische nicht beißen und die Mädchen sie nicht küssen würden.

Vier Jahre später lernte Caspar Johanna, die Schwester Philipps, kennen. Philipp und er verbrachten die Ferien inzwischen immer in Roßthal. Auch an Weihnachten war es dort besser als in dem kalten Haus von Caspars Vater. Zwei Wochen vor den Festtagen hatte es zu schneien begonnen, und jetzt lag der Schnee so hoch, dass die freigeschaufelten Wege im Park wie Irrgärten aussahen. Philipp und Caspar saßen in der Eingangshalle vor dem hohen Kamin.

Die drei Hunde der Familie schliefen auf dem Steinboden, sie durften nicht in die oberen Stockwerke. Philipp trug einen gelben Bademantel mit einem tellergroßen Wappen, den er in einem Schrank auf dem Speicher gefunden hatte. Sie rauchten die Zigarren des Großvaters, sahen ins Feuer und planten die kommenden Tage.

Franz, der Fahrer der Familie, hatte Johanna vom Flughafen in München abgeholt. Sie kam durch eine Seitentür in die Halle, Philipp konnte sie nicht sehen. Als Caspar aufstehen wollte, schüttelte sie den Kopf und hob ihren Zeigefinger vor den Mund. Dann schlich sie hinter Philipps Stuhl und hielt ihm die Augen zu.

»Wer bin ich?«, fragte sie.

»Keine Ahnung«, sagte Philipp. »Nein, warte, eindeutig der dicke Franz mit den rauen Händen.« Er lachte, riss ihre Hände von seinem Gesicht und rannte um den Stuhl herum, um seine Schwester in die Arme zu nehmen.

»Ein wirklich sehr hübscher Bademantel, Philipp«, sagte sie, »und so gelb …« Dann drehte sie sich zu Caspar um, sah ihn an und lächelte. »Du musst Caspar sein«, sagte sie ruhig. Er wurde rot. Sie beugte sich vor, damit er sie auf die Wangen küssen konnte, er sah ihren weißen BH. Ihr Gesicht war noch kalt. Wie Philipp war sie groß und schmal, aber alles, was bei ihm schlaksig aussah, wirkte bei ihr elegant. Sie hatte die gleichen dunklen Augen und hohen Brauen wie ihr Bruder, aber der Mund in dem weißen klaren Gesicht war weich und spöttisch. Sie war nur ein paar Jahre älter als Caspar, aber sie war erwachsen und unerreichbar.

Die nächsten zwei Tage telefonierte sie praktisch ununterbrochen mit ihren Freunden in England, man hörte ihr Lachen durch das Haus, und ihr Vater schimpfte, weil die Leitung dauernd belegt war. Als sie abreiste, hinterließ sie eine Leere, die niemand außer Caspar zu bemerken schien.

Im darauffolgenden Sommer bekam Philipp sein erstes Auto, eine rote Ente mit weißen Sitzen. Es waren die letzten Ferien vor dem Abitur. Wie immer arbeiteten die beiden die erste Hälfte der Ferien in den Meyer-Werken am Fließband und gaben das Geld in der zweiten Hälfte wieder aus. Sie fuhren mit dem Wagen über den Brenner nach Venedig. Philipps Urgroßvater hatte dort in den Zwanzigerjahren eine Jugendstilvilla am Lido gekauft. Nachdem sie alle Museen und Kirchen gesehen hatten, ließen sich die Tage bald nicht mehr voneinander unterscheiden: Sie segelten durch die Lagune, spielten Tennis und verbrachten die Nachmittage in Strandcafés, auf Hotelterrassen oder lagen in den langen dunkelgrünen

Schatten auf der Kaimauer. Abends fuhren sie mit dem Vaporetto nach Venedig, sie gingen in die Bars im Cannaregio und ließen sich durch die nächtlichen Straßen treiben. Fast immer kamen sie erst frühmorgens zurück, übermüdet saßen sie dann noch eine Stunde auf der Terrasse, sie hörten die Möwen schreien, und nichts fehlte ihnen.

Am Ende der Ferien kam Johanna für eine Woche aus London zu Besuch. Am Tag ihrer Abreise lag sie nach dem Schwimmen neben Caspar. Sie stützte sich auf die Ellbogen, die Haare fielen ihr ins Gesicht. Plötzlich beugte sie sich über ihn und sah ihn an. Er schloss die Augen, ihre nassen Haare auf seiner Stirn, sie küsste seinen Mund, ihre Zähne stießen zusammen. »Mach nicht so ein ernstes Gesicht«, sagte sie lachend und legte ihre Hand auf seine Augen. Dann lief sie los, wieder zum Meer, drehte sich nochmals um und rief: »Na los, komm schon.« Natürlich kam er nicht, aber er sah ihr nach, und später konnte er sich an keine Zeit erinnern, in der er so glücklich war wie an diesen hellblauen Tagen am Meer.

Ein knappes Jahr später machten die Jungen ihr Abitur. Philipps Eltern holten ihren Sohn nach den Feiern aus dem Internat ab. In der letzten Kurve vor dem Ortsschild Roßthal stand ein Holztieflader schräg auf der Straße. Er war aus einem Feldweg gekommen und hatte versucht, auf der engen Straße zu wenden. Der Wagen fuhr unter dem Sattelschlepper durch, die Baumstämme trennten das Dach ab. Philipps Kopf wurde abgerissen, seine Eltern verbluteten auf der Straße.

Die Beerdigung fand in Roßthal statt. In der Kirche sagte der Priester, was für ein guter Sohn Philipp gewesen sei, und was für ein guter Enkel und was für eine Zukunft er vor sich gehabt hätte. Er sagte nichts davon, dass der Sarg geschlossen blieb, weil der Tote keinen Kopf mehr hatte. Der Priester trug eine lila Lesebrille, er stand vor der Gemeinde, machte Kreuzzeichen in die Luft, von einer besseren Welt sprach er. Caspar wurde schlecht. Noch während der Messe verließ er die Kirche. Draußen standen die Totengräber in ihren Anzügen vor den Gestellen, auf die sie später die Särge legen würden. Sie rauchten und redeten, und sie waren lebendig. Als sie Caspar sahen, warfen sie die Zigaretten zu Boden und traten sie aus. Er wollte sie nicht stören und ging auf den Friedhof zur Grabkapelle. Er setzte sich auf eine Bank aus Marmor und sah dort im Halbschatten der Beerdigung zu.

Hans Meyer begrub seinen Sohn, seine Schwiegertochter und seinen Enkel. Er stand steif neben den Gräbern, Johanna stützte ihn. Vier Stunden lang nahm er die Kondolationen entgegen, sprach mit jedem ein paar freundliche Worte. Dann ging er nach Hause und schloss sich in seinem Arbeitszimmer ein. Johanna ließ sich sofort zum Flughafen bringen, sie wollte mit niemandem sprechen.

Caspar besuchte Hans Meyer am Abend in seinem Büro. Er fragte den alten Mann, ob sie Schach spielen sollten, so wie früher. Schweigend spielten sie, irgendwann hörte Hans Meyer auf. Er öffnete die Fenster und sah in den schwach erleuchteten Park.

»Es ist passiert, als ich ein kleiner Junge war, vielleicht acht oder neun Jahre alt«, sagte Meyer. Er redete, ohne sich umzudrehen. »Ich hatte ein rotblaues Hemd. Es hatte Farben, die wirklich leuchteten, keine Ahnung, was das für Material war. Mein Onkel hatte das Hemd aus Italien mitgebracht. Ich habe das neue Hemd angezogen und bin rüber in die Reitanlage. Damals war ich fast jeden Tag dort, ich mochte die Pferde sehr. Draußen auf der Koppel war das Springpferd meiner Mutter, ein nervöses Tier. Es hatte schon eine Reihe von Turnieren gewonnen, und meine Mutter glaubte, es würde in ein paar Jahren mit auf die Olympiade gehen. Vielleicht wollte ich es an diesem Tag nur streicheln, wie ich das schon oft gemacht hatte, ich weiß es einfach nicht mehr. Jedenfalls sieht mich das Pferd, steigt hoch und rennt gegen die Balken der Koppel. Es hat sich erschreckt. Das Pferd brach sich den linken Vorderlauf, es schrie vor Schmerzen. Pferde können fürchterlich schreien, ich hatte so etwas noch nie gehört. Ich hielt mir die Ohren zu und rannte weg. Am Nachmittag kam der Förster und hat das arme Tier erschossen.«

Hans Meyer drehte sich um, er weinte lautlos, aber seine Stimme zitterte nicht. »Am Abend musste ich zu meinem Vater ins Büro. Ich saß dort, wo du jetzt sitzt, vor diesem Schreibtisch. Damals sprachen Eltern wenig mit ihren Kindern. Ich liebte meinen Vater, aber ich hatte auch Angst vor ihm. Er sagte, ich sei schuld am Tod des Pferdes, es hätte vor der Zeit sterben müssen. In Zukunft solle ich besser auf das achten, was mir anvertraut sei. Er sagte das wirklich so, vor der Zeit. Mein Vater bestrafte mich nicht. Er sagte, ich solle über den Tod des Pferdes nachdenken … Ein paar Tage später wurde es hinten im Park am unteren See vergraben. Natürlich nicht das ganze Pferd, nur seine Hufe.«

»Ich weiß, Philipp hat mir die Stelle mal gezeigt.« Caspar sah den alten Mann an, der sein Freund war. »Aber du warst nicht schuld«, sagte er.

»Wie meinst du das?«

»Dein Hemd konnte es nicht erschrecken. Pferde können keine Farben erkennen. Sie sehen nur schwarz-weiß.«

Hans Meyer stützte sich auf die Lehne des Sessels, er lächelte. »Weißt du, Caspar, das ist lieb, dass du das sagst. Aber es stimmt nicht. Pferde können Rot und Blau sehen.«

Der alte Mann wischte sich mit dem Handrücken über die Augen. Er ging zurück zum Fenster, öffnete die Doppelflügel und lehnte sich gegen den Fensterrahmen. Caspar stand auf und ging zu ihm. Hans Meyer drehte sich um, er nahm Caspar in die Arme. Dann sagte der alte Mann, er wolle jetzt lieber alleine sein. Als Caspar am nächsten Morgen zurück nach Hause fuhr, fand er das alte Schachspiel auf dem Beifahrersitz.

Nach der verlorenen Zeit bei der Bundeswehr begann Leinen das Jurastudium in Hamburg. Seit Philipps Tod hatte er sich verändert, er war still geworden, die Dinge wurden ihm fremd. Oft hatte er das Gefühl, er sei aus sich selbst herausgezogen worden. Er beobachtete sich von außen und bewegte seinen Körper wie mit einer Fernsteuerung. Dann glaubte er, er habe das Dunkle seines Vaters geerbt.

In Roßthal war er nach der Beerdigung nur noch einmal: Vier Jahre nach dem Tod seines Freundes lud Johanna ihn zu ihrer Hochzeit ein. Sie heiratete einen zwanzig Jahre älteren Engländer, er war ihr Professor am Trinity College in Cambridge gewesen, ein freundlicher Mann mit weißen Augenbrauen. Alle hielten ihn für unterhaltsam und charmant. Als

Caspar Johanna nach der Trauung vor der Kirche gratulierte, flüsterte sie ihm ins Ohr, sie vermisse Philipp so sehr, und strich ihm über die Wange. Er hielt ihren Arm fest, küsste die Innenfläche ihrer Hand und für einen kurzen Moment glaubte er, dass sie noch einmal gerettet werden könnten.

—

Jetzt, sechs Jahre später, wählte er in seinem winzigen Zimmer ihre Telefonnummer. Sie nahm beim ersten Klingeln ab.

»Hallo, Johanna.«

»Endlich rufst du an. Ich habe es seit gestern dauernd probiert, ich hatte deine Handynummer nicht. Caspar, warum tust du das?«

Er war überrascht, sie klang wütend. »Was meinst du?«

»Warum verteidigst du dieses Schwein?« Sie begann zu weinen.

»Johanna, beruhige dich doch, ich verstehe nicht, was du meinst.«

»Überall steht es. Du hast die Verteidigung des Italieners übernommen.«

»Aber … warte … warte einen Moment …« Leinen stand auf, seine Aktentasche lag noch auf dem Schreibtisch. Er zog den Haftbefehl zwischen den

Papieren hervor. »Johanna, hier steht, er hat jemand erschossen, der Jean-Baptiste Meyer heißt.«

»Mein Gott, Caspar, ›Jean-Baptiste‹ steht doch nur in seinem Pass.«

»Was sagst du?«

»Du verteidigst den Mörder meines Großvaters.«

Hans Meyer hatte eine französische Mutter, sie nannte ihren Sohn Jean-Baptiste nach Johannes dem Täufer. Aber wie viele seiner Generation wollte er keinen komplizierten Namen. Aus Friedrich wurde Fritz, aus Reinhard Reiner, aus Johannes Hans. Jeder kannte ihn nur unter Hans Meyer, selbst auf seinen Visitenkarten wurde der Name so gedruckt.

Leinen stellte sich zum ersten Mal den Toten vor: Hans Meyer, erschossen in einem Hotelzimmer, Blutlache, Polizisten, Absperrung mit rot-weißem Flatterband. Leinen saß auf dem Boden mit dem Rücken an der Wand. Der Tisch seines Vaters stand schräg im Raum, an einem Bein war ein Stück Holz abgeplatzt.

4

Es war wie immer: Niemand wusste, wer mit der Presse gesprochen hatte. Später vermutete die Staatsanwaltschaft einen Informanten in den Reihen der Polizei, es gab zu viele Details, die bekannt wurden. Jedenfalls brachte die größte Boulevardzeitung Berlins in ihrer Sonntagabendausgabe den »Mord im Luxushotel« als Aufmacher auf der ersten Seite. Der Name des Täters sagte niemand etwas, aber den Toten kannte man. Er war einer der reichsten Männer der Bundesrepublik: Hans Meyer, Eigentümer und Vorsitzender des Aufsichtsrats der »SMF Meyer Maschinen Fabriken«, Träger des Bundesverdienstkreuzes. In den Nachrichtenredaktionen versuchte man mehr zu erfahren, Archive wurden durchforstet, alte Berichte gelesen. Die Journalisten spekulierten über das Motiv. Die meisten vermuteten ein Wirtschaftsverbrechen, niemand konnte etwas sicher sagen.

Rechtsanwalt Professor Dr. Richard Mattinger saß im Bademantel breitbeinig auf seinem Sofa und dachte an seine Frau. Sie hatte vor fast zwanzig Jahren das Haus am Wannsee ausgesucht. Damals, acht Jahre vor der Wiedervereinigung, waren die Grundstücke lächerlich billig geworden, und neue Familien waren in die alten Häuser gezogen. Seine Frau hatte recht behalten, der Wert der Immobilie hatte sich in den letzen zehn Jahren vervielfacht. Sie starb, kurz nachdem sie das Haus eingerichtet hatte, und Mattinger weigerte sich seitdem, irgendetwas zu verändern.

Sein Bademantel stand offen, die Haare auf seiner Brust waren weiß. Er ließ sich von seiner Freundin befriedigen, einer sehr jungen Frau aus der Ukraine. Sie sagte ihm jeden Tag unzählige Male, wie sehr sie ihn liebte. Mattinger war das gleichgültig. Er wusste, dass eine solche Beziehung immer ein Geschäft auf Gegenseitigkeit war – im besten Fall für beide Parteien eine Zeit lang angenehm. Er war Mitte sechzig, immer noch gut in Form. In den letzten Kriegstagen – er war damals acht Jahre alt gewesen – hatte eine Handgranate seinen linken Unterarm abgerissen. Das Auffälligste aber waren seine Augen, dunkelblau und von ungeheurer Intensität.

Das Telefon klingelte zum neunten Mal. Nur wenige Menschen hatten seine private Nummer, es musste wichtig sein, wenn jemand am Sonntagnachmittag anrief. Als er endlich abhob, sah seine Freundin zwischen seinen Knien hoch, lächelte und wollte wissen, ob sie weitermachen sollte. Mattinger brauchte einen Moment, um sich zu konzentrieren. Er klemmte den Hörer zwischen Schulter und Kopf, zog einen Block vom Beistelltisch zu sich und begann während des Telefonats zu schreiben. Nachdem er aufgelegt hatte, stand er auf, schloss den Bademantel, strich ihr über den Kopf und ging wortlos in sein Arbeitszimmer.

Eine halbe Stunde später ließ er sich von seinem Fahrer in die Kanzlei bringen. Unterwegs rief er einen seiner angestellten jungen Anwälte an und bat ihn, ins Büro zu kommen. Mattinger hatte schon in den Siebzigerjahren in den Terroristenprozessen in Stammheim verteidigt, seine Auftritte vor Gericht waren Medienereignisse gewesen. Ein Wochenmagazin hatte einmal über ihn geschrieben, er besäße eine »fast schon leuchtende Intelligenz«. Damals wurde im Gerichtssaal – vielleicht zum ersten Mal in der Geschichte der Strafprozessordnung – um die Rechte der Angeklagten wirklich gekämpft. Zu Beginn der Studentenrevolten glaubten viele, die Demokratie sei in Gefahr, Terroristen galten in erster

Linie als Staatsfeinde. Noch vor dem Urteil in dem damals größten Prozess wurde ein Gefängnis für die Angeklagten gebaut. Gesetze wurden wegen dieser Prozesse geändert, Verteidiger schrien die Richter an, Angeklagte traten in den Hungerstreik, und der Vorsitzende musste aus dem größten Verfahren ausscheiden, weil er befangen war. Vor Gericht herrschte Krieg. Die Verteidiger lernten dazu, sie wurden selbstbewusster und verstanden besser als jemals zuvor, dass Gerechtigkeit nur durch ein faires Verfahren entstehen kann. Für manche von ihnen war es zu viel. Sie machten sich gemein mit ihren Mandanten, übertraten die Grenze und wurden selbst zu Straftätern. Tragödien aus Zorn. Mattinger war anders. Die Öffentlichkeit dachte, er habe den Terroristen seine Stimme geliehen, klarer und wirkungsvoller als deren eigene. Aber das stimmte nicht. Natürlich war er ein paarmal auf Demonstrationen gewesen und hatte die Wortführer der Studenten kennengelernt, aber ihn hatte erschreckt, wie sie sich an ihren Reden berauschten. In Wirklichkeit vertrat Mattinger nur das Recht, er glaubte an den Rechtsstaat.

Seitdem hatte er in fast zweitausend Verfahren verteidigt. Er hatte noch nie einen Mordprozess verloren, keiner seiner Mandanten war zu einer lebenslänglichen Freiheitsstrafe verurteilt worden. Aber mit der Zeit änderte sich seine Klientel. Zuerst kamen die Spekulanten und Bauunternehmer, dann die Bankiers, die Vorstände und die alten Familien. Schon lange hatte er keinen Drogendealer, Unterweltsboss oder Mörder mehr verteidigt. Er schrieb jetzt Aufsätze in juristischen Zeitungen, war Vorsitzender einer Reihe von juristischen Vereinigungen, Mitherausgeber des ältesten strafrechtlichen Kommentars und hatte eine Gastprofessur an der Humboldt-Universität. Alles um ihn herum war feiner geworden. Seine Auftritte im Gericht wurden selten, die meisten Verfahren gegen seine Mandanten stellte die Staatsanwaltschaft gegen hohe Zahlungen und ohne Hauptverhandlung ein. Mattinger glaubte immer noch an den Rechtsstaat, aber die Schlachten schienen geschlagen. Manchmal, wenn er nachts auf einem Flughafen festsaß, dachte er, ihm sei etwas abhandengekommen. Aber er wollte nicht darüber nachdenken, was es war.

Als er in der Kanzlei eintraf, hatte er bereits mit der Mordkommission telefoniert. Natürlich kannte er den leitenden Beamten und bekam genügend Informationen, um sich ein ungefähres Bild zu machen. Zwei Stunden später hatte er den Justiziar der Meyer-Werke, Holger Baumann, am Telefon. Mattinger und der junge Anwalt aus seiner Kanzlei saßen zusammen in einem der großen Besprechungszimmer und redeten mit Baumann über die Freisprechanlage. Der Justiziar sagte, der Konzern beschäftige weltweit über vierzigtausend Mitarbeiter, die Ergebnisse lägen jedes Jahr fast vier Prozent über dem Branchendurchschnitt und das Unternehmen stünde vor dem größten Abschluss in seiner Geschichte. Der Mord an Hans Meyer, dem früheren Vorstandsvorsitzenden und Haupteigentümer, sei eine Katastrophe. Die Firma solle nicht in der Presse stehen. Baumann sprach über das Bestechungsverfahren eines Tochterunternehmens vor einigen Jahren, in dem Mattinger einen führenden Mitarbeiter vertreten hatte. Es habe damals unangenehme Artikel in den Zeitungen gegeben. Baumann hörte sich nervös an. Mattinger erinnerte sich, dass er ihn nicht mochte.

In der Firma, sagte Baumann weiter, habe niemand eine Ahnung, warum Meyer getötet worden sei. Der Alte sei zwar immer noch Aufsichtsratsvorsitzender gewesen, aber die Tat stünde sicher nicht in Zusammenhang mit dem Konzern. Mattinger wunderte sich. Das Verbrechen war erst ein paar Stunden alt, und Baumann konnte das jetzt schon sicher sagen.

Der Vorstand wolle, dass Mattinger die Firma in diesem Verfahren vertrete. Mattinger erklärte Baumann, dass das nicht möglich sei, nur ein Angehöriger könne ihn mit der Nebenklage beauftragen. Die meisten Zivilanwälte wüssten das nicht, sagte er, aber so sei nun einmal das Gesetz. Baumann versprach, sich darum zu kümmern, und nach einer weiteren Stunde lag auf Mattingers Schreibtisch ein Telefax der Enkelin und einzigen Erbin des Ermordeten: Johanna Meyer aus London.

Mattinger versprach Johanna Meyer, sich um alles zu kümmern. Er würde morgen mit dem Staatsanwalt in Berlin sprechen und danach allen Beteiligten Bericht erstatten. Mattingers angestellter junger Anwalt ging in sein Büro und erledigte die Papierarbeit.

Gegen 23 Uhr war Mattinger wieder zu Hause. Seine Freundin schlief schon, wie immer im Gästezimmer. Aus der Küche holte er sich ein Glas Eiswasser und ging in den Garten. Es roch nach frisch geschnittenem Gras. Er zog seine Krawatte auf und öffnete das Hemd. Es war immer noch zu warm. Er presste das kalte Glas gegen seine Stirn. Die außerordentliche Sitzung des Vorstandes in München war für drei Uhr nachmittags angesetzt. Mattinger würde bis dahin keine Antworten haben. Er wusste noch nicht einmal die richtigen Fragen.

5

Die erste Nacht nach Collinis Festnahme verbrachte Leinen damit, einen Antrag zu schreiben. Er saß in seiner Wohnung am Küchentisch, Lehrbücher und Kommentare lagen aufgeschlagen vor ihm. Auf dem Tisch stand ein kleiner Schwarz-Weiß-Fernseher, die meiste Zeit lief er ohne Ton. Erst die Tagesthemen brachten um 22:30 Uhr einen kurzen Film über den Toten, kaum kommentierte Bilder: Hans Meyer mit Konrad Adenauer, Hans Meyer mit Ludwig Erhard, Hans Meyer mit Helmut Kohl. Der Sprecher rätselte über das Motiv, es sei unklar, die Staatsanwaltschaft ermittle noch. Weitere Bilder vom Hotel Adlon, vom Gefängnis und vom Gebäude der Mordkommission. Der mutmaßliche Täter sei italienischer Staatsangehöriger.

Gegen fünf Uhr früh druckte Leinen den Antrag

das erste Mal aus, um sieben Uhr hatte er eine fertige Fassung. Es war ein guter Text geworden, aber er war unsicher, ob er damit durchkommen würde. Er beantragte, Collini nicht mehr verteidigen zu müssen, der Richter solle seine Bestellung als Pflichtverteidiger aufheben.

Um halb acht ging er aus dem Haus. Es hatte geregnet, die Luft war jetzt kühl und frisch. An einem Kiosk kaufte er alle Tageszeitungen, fast auf jeder Titelseite stand der Mord an Meyer.

Zwei Stockwerke unter Leinens Wohnung war im Erdgeschoss eine Bäckerei. Eigentlich war es keine Bäckerei, sondern ein »Backshop«, ein kleines Geschäft, das aussah wie hundert andere dieser Kette, schlüsselfertig geliefert. Der Bäcker war ein sehr dicker Mann, rotes Gesicht und kleine Hände, die Fingerknöchel waren nur Löcher in seinen Handrücken. Er konnte sich überraschend schnell bewegen, aber er war zu dick für den schmalen Gang hinter den Auslagen, und die Theke schnitt in seinen Bauch, die Brotkrumen hinterließen dort einen Streifen. Der Bäcker hatte drei alte Stühle aus Holz vor seinen Laden gestellt, und Leinen saß jeden Morgen im Sommer dort auf dem Bürgersteig, trank Kaffee und aß eines der schlechten Croissants. Manchmal setzte sich der Bäcker dazu. Heute sagte er, Leinen sähe schrecklich aus.

Leinen nahm die S-Bahn zum Gericht. Ein Gitarrenspieler ging durch die Waggons und brüllte einen Bob-Dylan-Song, nur ein paar Touristen gaben ihm Geld. Kurz nach acht war Leinen im Gericht in Moabit.

Die Abteilung für Kapitaldelikte der Staatsanwaltschaft lag im dritten Stock, vor den Fenstern im Flur standen Panzerglasplatten in Stahlrahmen. Er hatte als Referendar drei Monate in dieser Abteilung gearbeitet, die meisten Staatsanwälte hier kannte er zumindest vom Sehen. In der Geschäftsstelle waren bis unter die Decke die Akten gestapelt, sie lagen in Fächern, Regalen, auf Tischen und dem Boden, geordnet nach einem undurchschaubaren Prinzip. Hier wurde das Papier gesammelt, das auf den gewaltsamen Tod eines Menschen folgt. Akten wurden für alle Arten von Tötungen angelegt, für Mord, Totschlag, Tötung durch Sprengstoff oder Geiselnahme mit Todesfolge. An den Wänden hingen Postkarten, die von Sekretärinnen aus dem Urlaub geschickt worden waren: Sonnenuntergänge, Strände, Palmen. An den Bildschirmen der Computer klebten Fotos von Kindern und Ehemännern.

Leinen nannte das Aktenzeichen und legte den Beschluss des Gerichts vor, der ihn als Pflichtverteidiger auswies. Die Geschäftsstellenbeamtin gab ihm eine dünne Akte. Auch sie kannte Leinen von seiner Referendarzeit, sie wünschte ihm Glück mit dem Verfahren. Es würde schwer werden, sagte sie und sah ihn mitleidig an, Richard Mattinger hätte sich bereits als Anwalt der Nebenkläger gemeldet. Leinen erfuhr noch, dass die Obduktion des Leichnams um dreizehn Uhr im gerichtsmedizinischen Institut erfolge.

Er nahm die Akte und überlegte, ob er seinen Mandanten besuchen sollte, aber ihm fiel nichts ein, was er mit Collini hätte besprechen können. Er blätterte die Akte durch, während er über die Flure ins Anwaltszimmer ging.

Das Anwaltszimmer im Strafgericht Moabit war ein geschützter Ort, kein Mandant, kein Staatsanwalt, kein Richter, noch nicht einmal die Dolmetscher durften es betreten. Diesen Raum gab es seit der Weimarer Republik, berühmte Verteidiger wie Max Alsberg hatten hier schon in den Zwanzigerjahren gesessen. Bis heute hatte sich nicht viel geändert. Die Anwälte lasen Zeitung, telefonierten mit den Geschäftsstellen, schrieben Anträge oder warteten auf die Fortsetzung eines Prozesses. Für einen Euro konnte man eine Robe ausleihen, die Sekretärin notierte Anrufe, manchmal schenkte sie den Anwälten, die sie mochte, Bonbons. Vor allem aber unterhielten sich die Verteidiger. Es gab Gerüchte über Richter und Staatsanwälte, Verfahren wurden besprochen, Ratschläge zu Anträgen erfragt, Koalitionen geschlossen und wieder aufgekündigt. Hielt sich ein Richter nicht an eine Absprache oder verschwieg ein Staatsanwalt Ermittlungen – hier erfuhren es die Anwälte. Sie redeten offen, gestanden Niederlagen und prahlten mit Erfolgen. In diesem Zimmer sprachen sie anders über ihre Mandanten, sie machten Witze über die Verbrechen, damit sie es ertragen konnten. Der Kaffee kam aus einem Automaten, er schmeckte nach Plastik und Milchpulver. Die Einrichtung war ein wenig schäbig geworden, der Stoff der Sofas eingerissen.

Leinen wollte zu den Kopierern im hinteren Raum, er las immer noch in der Akte, während er das Anwaltszimmer durchquerte. Er stieß mit einem anderen Anwalt zusammen, die Papiere fielen zu Boden. Leinen entschuldigte sich, hob sie auf und ging weiter. Als er am Kopierer stand, sah er Richard Mattinger auf einem Sofa, er las Zeitung. Leinen ging zu ihm.

»Guten Morgen, Herr Mattinger«, sagte er. »Caspar Leinen. Wir sind im gleichen Verfahren.«

»Fabrizio Collini? Die Hans-Meyer-Sache?«

»Ja, genau.«

Mattinger stand auf und gab Leinen die Hand. »Darf ich Sie zu einem Kaffee einladen?«, sagte er.

»Ja, gerne. Freut mich, Sie kennenzulernen«, sagte

Leinen. »Ich habe eine Vorlesung über Strafprozessrecht bei Ihnen gehört.«

»Hoffentlich habe ich nicht zu viel Unsinn geredet«, sagte Mattinger und ging mit Leinen zum Kaffeeautomaten. Mattinger warf ein Geldstück in den Schacht. Die beiden Anwälte warteten, bis die Maschine einen braunen Plastikbecher ausgab. »Ich hoffe, niemand hat heute morgen schon Tomatensuppe aus dem Automat gezogen. Sonst schmecken die nächsten fünfzig Tassen abscheulich.«

»Danke. Er ist so schon grauenhaft.« Sie gingen zurück zu dem Sofa und setzten sich.

»Ich gratuliere Ihnen, Herr Leinen, das ist wirklich ein toller Fall«, sagte Mattinger.

»Alles andere als das«, murmelte Leinen.

»Warum?«

»Ich versuche gerade aus dem Mandat wieder rauszukommen. Ich habe mich dummerweise als Pflichtverteidiger beiordnen lassen, aber ich kann die Verteidigung nicht weiterführen. Sie werden das ohnehin in der Akte lesen, ich kann es Ihnen auch gleich sagen.« Leinen erzählte, was passiert war. Mattinger bat, den Antrag lesen zu dürfen, Leinen gab ihm eine Kopie.

»Er ist ausgezeichnet«, sagte Mattinger nach ein paar Minuten. »Was Sie vorgebracht haben, ist völlig verständlich. Ich bin mir aber nicht sicher, ob es ausreicht. Sie wissen, dass Sie nach der Rechtsprechung nur entpflichtet werden können, wenn zwischen Ihnen und Ihrem Mandanten das Vertrauensverhältnis erschüttert ist. Richter Köhler entscheidet immer nur nach der Rechtsprechung. Ich würde fast sagen, er ist Technokrat.«

»Ich versuche es trotzdem«, sagte Leinen.

»Wir kennen uns nicht, Herr Leinen. Sie werden sich Ratschläge von mir verbitten.«

»Nein«, sagte Leinen. »Wirklich, ich würde gerne hören, was Sie meinen.«

»Ich nehme an, dass es Ihr erster Schwurgerichtsfall ist?«

»Ja«, sagte Leinen und nickte.

»Wäre ich Sie, würde ich den Antrag nicht stellen.«

Leinen sah ihn erstaunt an. »Aber … ich bin in dieser Familie praktisch aufgewachsen.«

Mattinger schüttelte den Kopf. »Na und? Im nächsten Verfahren erinnert Sie der Mord an ein sogenanntes tragisches Erlebnis Ihrer Kindheit. Und beim übernächsten müssen Sie dauernd daran denken, dass Sie mal eine Freundin hatten, die vergewaltigt wurde. Dann gefällt Ihnen die Nase Ihres Mandanten nicht oder Sie halten die Drogen, mit denen er handelt, für das größte Übel der Menschheit. Sie wollen Verteidiger sein, Herr Leinen, also müssen Sie sich auch wie einer benehmen. Sie haben die Verteidigung eines Mannes übernommen. Gut, vielleicht war das ein Fehler. Aber es war alleine Ihr Fehler, nicht seiner. Jetzt sind Sie für diesen Mann verantwortlich, Sie sind alles, was er da drinnen hat. Sie müssen ihm von Ihrem Verhältnis mit dem Toten erzählen und ihn dann fragen, ob er noch will, dass Sie ihn verteidigen. Wenn er es will – und nur darauf kommt es an – sollten Sie sich um ihn kümmern, sich anstrengen und Ihre Sache ordentlich machen. Das ist ein Mordverfahren, kein Uniseminar.«

Leinen wusste nicht, ob Mattinger recht hatte oder ob er nur einen unerfahrenen Gegner im Prozess wollte. Der alte Anwalt sah ihn freundlich an. Vielleicht stimmte beides.

»Ich denke darüber nach«, sagte Leinen schließlich, »vielen Dank jedenfalls.«

»Ich muss auch los, ich habe noch eine Besprechung in der Wirtschaftsstrafabteilung«, sagte Mattinger. »Aber sagen Sie, mögen Sie mich heute Nachmittag einmal in meinem Büro besuchen? Vielleicht wäre es ganz sinnvoll, über ein paar Dinge zu sprechen.«

»Wirklich gerne.« Leinen war klar, dass Mattinger wissen wollte, wie er Collini verteidigen würde, wenn er in dem Mandat bliebe. Aber er wollte den großen Anwalt unbedingt kennenlernen.

6

Wer zum ersten Mal in einem Obduktionssaal ist, begegnet dem eigenen Tod. Der moderne Mensch sieht keine Leichen mehr, sie sind vollständig aus der normalen Welt verschwunden. Manchmal liegt noch ein überfahrener Fuchs am Straßenrand. Aber einen Toten haben die meisten noch nie gesehen.

Als Leinen in der Gerichtsmedizin eintraf, warteten Oberstaatsanwalt Dr. Reimers und zwei Beamte der Mordkommission bereits auf den Leiter der Rechtsmedizin Professor Wagenstett. Es war ungewöhnlich, dass ein Verteidiger zu einer Obduktion kam, aber Leinen wollte alles wissen.

Der Seziertisch war 2,50 m lang und 85 cm breit, polierter Edelstahl. Er ruhte auf einer breiten Mittelsäule, an der Seite zwei geschützte Steckdosen für

Sägen und Bohrer, oben ein Wasserhahn, den man mit dem Knie bedienen konnte, und eine Handbrause. Das Waschbecken war in den Tisch eingelassen. Er war ein neueres Modell, dessen Platte elektrisch gehoben und gesenkt werden konnte. »Fast geräuschlos«, hatte Wagenstett gesagt, als der Tisch vor einem halben Jahr geliefert wurde. Er hatte die Mechanik den Studenten vorgeführt, begeistert wie ein Junge mit einem neuen Spielzeug. Unterhalb der perforierten Auflage – dreiteilig zur einfacheren Reinigung – war eine Auffangwanne, Blut und andere Reste wurden über ein leichtes Gefälle zu einem herausnehmbaren Sieb transportiert. Der Kasten über dem Tisch sah aus wie eine zu große Abluthaube in einer Küche.

Als Leinen die Leiche sah, wurde ihm schlecht. Der Tote war nackt. Unter dem harten weißen Licht schienen die Haare auf Brust und Scham dick zu sein, Brustwarzen und Fingernägel waren dunkel, jeder Kontrast schärfer. Das Gesicht des Toten war zur Hälfte weggerissen, Muskelfasern und Knochen lagen frei. Das noch vorhandene Auge stand offen, es war milchig und eingerissen. Wie ein Fisch, dachte Leinen.

Wagenstett begann mit der Obduktion. Er drückte mit dem Daumen auf die Leichenflecke am Oberkörper und den Beinen. Seine Assistentin, eine stämmige Medizinstudentin mit hochgesteckten Haaren, beugte sich mit ihm über die Leiche.

»Die Flecken sind dunkel-violett«, dozierte Wagenstett. »Die Leiche lag nicht im Freien. Das stimmt mit dem Bericht überein.« Dann wandte er sich an seine Assistentin. »Sehen Sie, die Flecken lassen sich durch kräftigen Druck nur geringfügig ablassen, sie kehren in den nächsten Sekunden nicht wieder zurück. Probieren Sie selbst.«

Sie probierte es.

»Was schließen Sie daraus?«, sagte Wagenstett.

»Der Mann ist seit mehr als sechs und weniger als sechsunddreißig Stunden tot.«

»Richtig.« Wagenstett stellte sich aufrecht hin. Er war wieder ganz Lehrer. »Definieren Sie Totenflecke.«

»Totenflecke, lateinisch Livores, entstehen durch das schwerkraftbedingte Absinken des Blutes innerhalb der Gefäße.«

»Gut, ja, gut.«

Auf diese Art ging es etwa zwei Stunden weiter. Wagenstett diktierte in ein kleines Mikrofon, das über dem Tisch hing. Die Leichenstarre in der Muskulatur sei fast vollständig ausgeprägt, Fäulnis bestünde nicht. Wagenstett nahm den Bericht des Arztes am Tatort zur Hand, las dessen Angaben zur Körper- und Außentemperatur und nickte. Dann be-

schrieb er den Toten: Kopf, Haare (Länge, Stirn-
glatze), Gesicht, Nasengerüst und -öffnungen (»Zertrümmert, Blut und klare Flüssigkeit ausgetreten,
Abrinnspuren zu beiden Ohren, rechtsbetont«), die
Augen (»Links zerstört, ausgetreten, rechts teilweise
vorhanden, Bindehaut blass«), die Mundhöhle (»mit
rötlicher Flüssigkeit«). Wagenstett sprach leise und
konzentriert. Die äußere Leichenschau, sagte er zu
seiner Assistentin, sei der erste Kontakt zu dem Toten. Behutsam, langsam und respektvoll müsse man
vorgehen. Von oben nach unten, systematisch, und
nicht zwischen den Auffälligkeiten hin und her sprin-
gen. »Der Mann ist tot«, sagte Wagenstett, »nehmen
Sie sich Zeit.« Wagenstett behandelte die Toten mit
Würde, Witze am Seziertisch waren verboten.

Nach der äußeren kam die innere Leichenschau.
Leinen musste sich gegen die gekachelte Wand leh-
nen, er spürte seine Beine nicht mehr. Wagenstett
hatte den schweren Körper umgedreht und präparierte den Rücken. Mit dem Skalpell schnitt er
vom Nacken bis zum Kreuzbein und weiter über den
Gesäßhälften in der Form eines Ypsilons. Er trug
das Gewebe schichtweise ab, entfernte die Rü-
ckenmuskulatur, klappte das Weichgewebe und das
linke Schulterblatt zur Seite. Leinen schloss die Augen, aber der Geruch blieb. Er wollte gehen, aber er
konnte sich nicht mehr bewegen.

Zwischen Kopfhaut und knöchernem Schädel befindet sich die Schwarte, stark durchblutet und leicht vom Knochen zu trennen. Skalpieren erfordert nur wenig Kraft. Wagenstett brachte seinen Studenten bei, dass die Angehörigen der Toten ein Recht auf eine möglichst unversehrte Leiche haben. Deshalb solle man am Hinterkopf schneiden und die Kopfhaut zur Stirn schieben, bis der Schädel frei liege. So ließe sich der Schädel einfach aufsägen und das Gehirn entnehmen. Danach ziehe man die Kopfhaut wieder herunter und vernähe sie, der Tote behalte so sein Haupt.

»Aber hier geht das nicht«, erklärte Wagenstett weiter, »die Hälfte des Kopfes fehlt, die andere Hälfte ist zertrümmert. Wir müssen anders schneiden, wir brauchen die Schusskanäle.« Es folgten lateinische Namen, Wagenstett diktierte, schnitt von Ohr zu Ohr und präparierte die noch intakte Kopfschwarte ab. Aus der sulzig aufgetriebenen Wunde fiel ein Projektil auf den Metalltisch. Zwei weitere steckten im Schädeldach fest, ein viertes war durch die linke Augenhöhle ausgetreten. Wagenstett zeigte die Metallklumpen Oberstaatsanwalt Reimers. »Stark verformt, die Ballistik wird es schwer haben«, sagte er.

Dann kamen die Sonden, lange dünne Stäbe, die den Verlauf der Schüsse rekonstruieren sollten. Wagenstett steckte sie in die »Hautlücken«, wie er die

Einschüsse nannte. Sie ragten ein paar Zentimeter aus dem Schädel. Leinen dachte, der Kopf sehe jetzt wie ein strahlendes Heiligenbild des Barocks aus. Wagenstett fotografierte, das Aufladen des Blitzkondensators blieb lange Zeit das einzige Geräusch.

Die Obduktion dauerte eine weitere Stunde, jede Wunde, jede Blutung, jede Knochenabplatzung wurde vermessen und protokolliert. Alte Narben, fünf und acht Zentimeter an beiden Knien, zwei Zentimeter am rechten Ellbogen, am Bauch sechs Zentimeter von einer Blinddarmoperation, über dem linken Ellbogen sieben Millimeter, auf dem Kinn neun Millimeter. Die Organe wurden entnommen, betrachtet und gewogen (Gehirn 1380 g, Herz 340 g, Lunge rechts 790 g, Lunge links 630 g, Milz 150 g, Leber 1060 g, Niere rechts 175 g, Niere links 180 g). Schenkelvenen- und Herzblut, Urin, Mageninhalt, Leber- und Lungengewebe und Gallenflüssigkeit wurden asserviert. Die Tritte wurden so genau wie möglich verzeichnet, die Stanzmarken des Schuhabsatzes fotografiert. Wagenstett diktierte das Sektionsgutachten und seine Folgerungen, Dr. Reimers stand auf und vertrat sich die Beine. Den Bericht bekäme er am nächsten Tag, das Sekretariat sei überlastet. Dann nähte er die Leiche wieder zu.

Die beiden Beamten der Mordkommission verließen zuerst den Seziersaal. Leinen konnte nicht sprechen, er verabschiedete sich nicht. Einer der beiden Beamten trug ein blau-weiß gestreiftes Hemd. Leinen starrte auf das Hemd und begann, die Streifen zu zählen. Er sah nichts als das Hemd, er folgte den Streifen, bis er draußen war. Dann stand er auf der Treppe vor dem Backsteingebäude der Gerichtsmedizin, die Mittagshitze traf ihn wie ein Schlag. Er tastete nach dem silbernen Zigarettenetui in seiner Jackentasche. Es war kalt, und es war wirklich. Er zündete sich eine Zigarette an, seine Hände zitterten. Reimers stellte sich neben ihn und sagte irgendetwas. Leinen konnte ihn erst nach ein paar Sätzen verstehen:

»… die Sache scheint eindeutig zu sein: Alle Schüsse von hinten oben. Vermutlich der erste, während er kniete, die anderen, während er lag. Keinerlei Abwehrspuren, das Opfer muss arglos gewesen sein. Tut mir leid, Herr Leinen, aber bisher läuft alles auf eine Mordanklage raus.« Reimers hatte sein Jackett ausgezogen und die Ärmel hochgekrempelt. Sein Hemdkragen hatte sich dunkel gefärbt. »Mein Gott, ist das heiß«, sagte er.

»Ja«, sagte Leinen. Sein Mund war trocken, seine Zunge pelzig.

»Sprechen Sie doch mal mit Ihrem Mandanten, vielleicht will er doch aussagen. Meistens ist es in so einer Situation besser.«

»Mache ich, danke.«

Leinen ging zu seinem Wagen. Ein Lieferfahrzeug versperrte die Parklücke. Er setzte sich auf die warmen Schieferplatten eines Toreingangs in den Schatten. Es war still hier. Der Blütenstaub einer Kastanie hatte Trottoir und Rasen rot gefärbt, das Licht brach sich über dem heißen Asphalt und die Straße spiegelte den Himmel wie eine Wasserfläche. Ich kann das Schild vor der Kanzlei einfach wieder abhängen und alles vergessen, dachte Leinen.

7

Um siebzehn Uhr klingelte Leinen bei der Kanzlei Mattinger. Der Empfang für die Besucher war im sogenannten Berliner Zimmer untergebracht, einem großen Raum mit nur einem Fenster, der Vorderhaus mit Seitenflügeln und Rückgebäude verband. Eine der Sekretärinnen sagte Leinen, er solle gleich zu Herrn Mattinger durchgehen, er erwarte ihn bereits. Leinen klopfte an seine Tür, wartete, hörte nichts und betrat das Zimmer.

Der Raum war dunkel, kaum größer als Leinens Zimmer, ein einfacher Schreibtisch, ein Holzstuhl mit Armlehnen hinter dem Tisch, keine Besucherstühle, eine gelbe Lampe, ein schwarzes Telefon mit Wählscheibe. Die Wände waren mit Mahagoni verschalt, an den Seitenwänden waren Bücherregale eingelassen, vor beiden Fenstern hingen breite Holz-jalousien. Das Zimmer sah aus wie ein Büro aus den Zwanzigerjahren. Eine große Zigarrenkiste stand auf dem Schreibtisch, schwarzes Holz mit hellen Intarsien. Mattinger hatte die Füße auf dem Tisch und döste, seine Krawatte war verrutscht, Speichel lief aus seinem rechten Mundwinkel. Vor ihm lagen ein paar rote Akten, Leinen konnte auf den Namensschildern sehen, dass sie anderen Anwälten in der Kanzlei zugeordnet waren. Mit einem Ruck erwachte Mattinger, sah Leinen, wischte sich über den Mund und stand auf. »Wie geht es Ihnen, Herr Leinen?«, fragte er. Er roch nicht nach Alkohol, aber er hatte die süßliche Ausdünstung eines Mannes, der ständig zu viel trinkt. »Sie sehen müde aus.«

»Danke, Sie sind schon der Dritte, der das heute sagt.«

»Dann stimmt es wahrscheinlich. Kommen Sie, hier ist es zu eng. Wir setzen uns auf den Balkon.«

»Ihr Zimmer gefällt mir.«

»Ich habe es vor dreißig Jahren bei der Sanierung eines Gebäudes auf dem Kurfürstendamm gekauft und hier einbauen lassen. Es soll einem bekannten Notar gehört haben.«

»Es ist herrlich.«

»Vielleicht ein wenig zu dunkel«, sagte Mattinger. »Aber ich habe mich daran gewöhnt.«

Sie gingen durch zwei große Besprechungszimmer zum Balkon und setzten sich auf die hellen Bastmöbel unter einer Markise. Es hatte geregnet, die Straße dampfte.

Mattinger ging in den Besprechungsraum, Leinen hörte, wie er im Sekretariat Getränke bestellte. Als er zurückkam, zog er aus seinem Jackett ein Zigarrenetui, es war aus Leder und abgegriffen. In seinem Nadelstreifenanzug sah Mattinger selbst aus wie ein Mann der Zwanzigerjahre.

»Rauchen Sie Zigarre? Nein? Schade.« Aus der Westentasche holte er einen Zigarrenbohrer, drehte ihn langsam in den Kopf der Zigarre und zog die Tabakreste mit ihm heraus. Mit einem überlangen Streichholz zündete er die Zigarre an. Er musste alles mit einer Hand machen, aber nichts wirkte kompliziert. »Ich habe mich nach Ihnen erkundigt, Leinen.«

»Wirklich?«

»Zwei Prädikatsexamen, der Beste des Jahrgangs im Strafrecht, Assistent am Lehrstuhl für Strafprozessrecht an der Humboldt-Universität, fünfzehn Veröffentlichungen in juristischen Zeitungen.« Mattinger zog an der Zigarre. »Ich habe sie alle gelesen, einige sind wirklich erstklassig.«

»Vielen Dank.«

»Sie hatten Angebote, an der Uni zu bleiben oder

ins Richteramt berufen zu werden. Beides haben Sie ausgeschlagen. Sie wollten unbedingt Anwalt sein. Ihr Professor hält Sie für einen brillanten Kopf, aber er sagte auch, Sie seien eigensinnig und stur.« Mattinger lachte.

Leinen lachte mit, aber es war ihm unangenehm. »So etwas erzählt er Ihnen?«

»Ihr Professor und ich sind seit hundert Jahren befreundet. Ich weiß ganz gerne, mit wem ich es zu tun habe.«

Die Sekretärin brachte Kaffee und Wasser. Sie sprachen über Berlin und Moabit, kleine Geschichten von Richtern und Staatsanwälten. Leinen sah Mattinger dabei zu, wie er den Rauch in die Luft blies. Allmählich entspannte er sich.

»Und, wie haben Sie sich entschieden, Leinen? Werden Sie Collini verteidigen?«

»Ich bin noch nicht sicher. Ich war eben bei der Obduktion, es war grauenhaft.«

»Ja, das ist es immer. Man darf den Toten nicht als Menschen sehen. Auf dem Tisch ist er nur ein wissenschaftliches Objekt. Wenn man das einmal verstanden hat, wird es sogar interessant. Aber ganz schafft man es wohl nie.«

Leinen betrachtete Mattinger. Seine Haut war gebräunt, die Stirn tief von quer- und senkrecht verlaufenden Falten durchzogen, Krähenfüße in seinen

Augenwinkeln, die heller waren. Leinen hatte irgendwo gelesen, dass Mattinger trotz seiner Behinderung vor ein paar Jahren alleine von Hamburg nach Südamerika gesegelt war.

»Jetzt noch einmal. Wenn Sie es doch machen, wie schätzen Sie Ihre Chancen ein?«

»Schlecht. Blutspuren an seiner Kleidung, Schmauchspuren an seinen Händen, seine Fingerabdrücke auf Waffe und Patronenhülsen, auf dem Schreibtisch und dem Bettgestell. Er hat selbst die Polizei anrufen lassen und saß bis zu seiner Festnahme in der Lobby des Hotels. Ein anderer möglicher Täter ist nicht in Sicht. Also ... eine Verteidigung auf Freispruch wird es wohl nicht werden.«

»Vielleicht kommen Sie von dem Mordvorwurf runter, und es wird nur ein Totschlag.«

»Soweit ich es verstanden habe, wurde Hans Meyer von hinten erschossen. Das spricht für einen Mord. Aber ich weiß noch zu wenig. Es kommt darauf an, was Collini sagt. Und ob er aussagt.«

»Und das Motiv? In den Zeitungen steht, dass man nichts über das Motiv weiß.« Mattinger drehte sich plötzlich zu Leinen und sah ihn direkt an.

Seine Augen sind hypnotisch, dachte Leinen. »Das stimmt, ich weiß auch nichts. Hans Meyer war ein durch und durch anständiger Mann. Ich habe keine Ahnung, warum ihn jemand erschießen wollte.«

»Ein anständiger Mann, ja?« Mattinger wandte sich wieder ab. »Gibt's selten. Ich bin jetzt vierundsechzig, und ich habe nur zwei anständige Männer in meinem Leben kennengelernt. Der eine ist schon seit zehn Jahren tot und der andere ist Mönch in einem französischen Kloster. Glauben Sie mir, Leinen, die Menschen sind nicht schwarz oder weiß ... Sie sind grau.«

»Klingt wie ein Kalenderspruch«, sagte Leinen.

Mattinger lachte. »Wenn man älter wird, werden die Kalendersprüche immer wahrer.«

Die beiden Männer tranken Kaffee und hingen ihren Gedanken nach.

»Heute ist es zu spät«, sagte Mattinger nach einer Weile. »Aber morgen sollten Sie zu Ihrem Mandanten gehen und ihn fragen, ob er von Ihnen verteidigt werden will.«

Leinen wusste, dass der alte Anwalt recht hatte. Sein Mandant saß seit Tagen im Gefängnis und er hatte ihn noch nicht einmal gefragt, warum er Hans Meyer getötet hatte. Dann merkte er, wie er fast einnickte. »Verzeihen Sie bitte«, sagte er. »Ich muss nach Hause, ich habe die ganze Nacht gearbeitet und bin wirklich übermüdet.«

Mattinger stand auf und brachte Leinen zur Tür. Leinen ging über die breiten Stufen des Gründerzeithauses nach unten, roter Sisalteppich, die Wände grüner Marmor. Auf dem letzten Absatz drehte er sich nochmals um, er hatte die Tür der Kanzlei nicht ins Schloss fallen hören. Mattinger stand noch immer oben im Türrahmen und sah ihm nach.

8

Das »Königliche Untersuchungsgefängnis« war 1877 gebaut worden und wurde seitdem immer wieder modernisiert. Ein roter Backsteinbau, drei Etagen, die sternförmig um eine runde Mittelhalle angeordnet sind. Heute hieß es Untersuchungshaftanstalt Moabit. Seit über hundertzwanzig Jahren wurden hier Gefangene untergebracht, die Zellen waren nur ein paar Quadratmeter groß, Bett, Tisch, Stuhl, Schrank, Waschbecken, Toilette. Fabrizio Collini war der Gefangene mit der Buchnummer 284/01-2, Station II, Zelle 145. Die Beamtin hinter der Glasscheibe suchte den Namen auf der Liste. Leinen legte ihr den Beschluss des Amtsgerichts vor, sie trug seinen Namen in eine Liste ein. Collini konnte jetzt Post von ihm bekommen, die kein Richter kontrollieren durfte. Sie rief einen Wachtmeister über die interne Sprechanlage und bat darum, Collini dem Anwalt vorzuführen.

Leinen wartete vor einer der Anwaltssprechzellen, Wachtmeister mit Häftlingen gingen an ihm vorbei. Sie redeten über die Gefangenen wie über Gegenstände: »Wo bringst du deinen hin? Meiner kommt gerade vom Arzt ...« Die Beamten verachteten die Gefangenen nicht, die meisten wollten noch nicht einmal wissen, was ihnen vorgeworfen wurde. Die Sprache war einfach, wie sie immer gewesen war.

Fabrizio Collini kam den Flur herunter. Leinen war wieder irritiert von seiner Größe, er konnte den Beamten hinter Collini nicht einmal sehen. Sie gingen in die Sprechzelle. Der Raum war zu zwei Dritteln mit gelber Ölfarbe gestrichen, ein Resopaltisch, zwei Stühle, ein Waschbecken. An der Stirnseite, weit oben, ein kleines Fenster, der Aschenbecher war eine leere Keksdose aus Blech, neben der Tür ein roter Alarmknopf. Es roch nach Zigaretten, Essen und Schweiß. Leinen setzte sich mit dem Rücken zum Fenster, Collini gegenüber. Er trug die blaue Anstaltskleidung, die Mordkommission hatte ihm seine Sachen abgenommen.

Leinen erzählte von seiner Freundschaft mit den Meyers und beobachtete Collinis schweres, knochiges Gesicht. Collini reagierte nicht.

»Wir müssen das klären, Herr Collini. Ist meine Freundschaft zu den Meyers ein Problem für Sie?«

»Nein«, sagte Collini. »Er ist tot. Interessiert mich nicht mehr.«

»Was interessiert Sie nicht?«

»Meyer und seine Familie.«

»Aber Sie werden vermutlich wegen Mordes angeklagt. Sie können ›lebenslänglich‹ bekommen.«

Collini legte beide Hände auf den Tisch. »Ich war's ja auch.«

Leinen starrte auf den Mund des riesigen Mannes. Es stimmte, Collini hatte es getan. Der Mann hatte in Meyers Kopf geschossen, vier Mal, er war schuld, dass die Gerichtsmediziner seinen Freund zerschnitten und zu einem Fall gemacht hatten. Der Mann hatte Hans Meyers Gesicht zertreten, so lange, bis sein Schuhabsatz abriss. Leinen erinnerte sich an dieses Gesicht, an seine Furchen, an die dünnen Lippen und an das Lachen. Das Gesetz verlangt zu viel von mir, dachte Leinen, ich kann ihn nicht verteidigen, ich kann ihn kaum ansehen. »Aber warum haben Sie ihn getötet?«, fragte Leinen. Er riss sich zusammen.

Collini betrachtete seine Hände. »Mit diesen Händen«, sagte er.

»Ja, Sie haben es getan. Aber warum? Sie müssen mir sagen, warum.«

»Ich will nicht drüber reden.«

»Ich kann Sie so nicht verteidigen.«

Der Schatten des Stahlnetzes vor dem Oberlicht zeichnete sich unscharf auf der gelben Wand ab. Vom Gang hörten sie die Beamtin Namen von Gefangenen rufen. Collini zog eine Packung Zigaretten aus seiner Brusttasche, klopfte eine Zigarette heraus und steckte sie sich in den Mund. »Haben Sie Feuer?«, fragte er.

Leinen schüttelte den Kopf.

Collini stand auf und ging zum Waschbecken, dann zur Tür und wieder zurück zum Waschbecken. Leinen begriff, dass Collini Feuer suchte, und plötzlich tat es ihm leid, dass er keines hatte.

»Wären Sie denn bereit, ein Geständnis abzulegen? Das wäre – falls wir von dem Mordvorwurf runterkommen – immerhin ein Grund für das Gericht, Ihre Strafe zu mildern. Würden Sie das tun?«

Collini setzte sich wieder. Er schien einen bestimmten Punkt an der kahlen Wand zu fixieren.

»Würden Sie wenigstens das machen? Sie müssen nur darüber sprechen, wie Sie ihn getötet haben. Nur das Wie, nicht das Warum. Verstehen Sie das?«

Nach einer langen Pause sagte Collini: »Ja.« Er sagte einfach nur Ja, das war alles. Collini stand auf. »Ich will jetzt lieber wieder zurück in die Zelle.«

Leinen nickte. Collini ging zur Tür. Sie gaben sich

nicht die Hand. Das Gespräch hatte keine fünfzehn Minuten gedauert.

Der Wachtmeister wartete draußen auf ihn, ein dicker Mann mit einem Specknacken, das hellbraune Hemd seiner Uniform spannte an seinem Bauch und gab zwischen den unteren Knöpfen sein Unterhemd frei. Er sah auf Collinis Brust und sprach ins Leere: »So, nun wollen wir mal.«

Collini und der Wachtmeister gingen nebeneinander, aber bevor sie das erste Gitter auf dem Gang erreichten, geschah etwas Merkwürdiges. Collini blieb einfach mitten im Flur stehen, er schien nachzudenken. »Was ist denn jetzt?«, fragte der Wachtmeister. Collini antwortete nicht, er stand einfach regungslos da und sah fast eine Minute auf die Kappen seiner Schuhe. Dann holte er Luft, drehte sich um und ging zurück zu Leinens Besucherzelle. Der Wachtmeister zuckte mit den Schultern und folgte ihm. Ohne zu klopfen, öffnete Collini die Tür. »Herr Anwalt«, sagte er. Leinen packte gerade seine Sachen zusammen und sah überrascht zu ihm hoch. »Herr Anwalt, ich weiß, dass es nicht einfach für Sie ist. Es tut mir leid. Ich wollte mich nur bedanken.« Collini nickte Leinen zu, eine Antwort schien er nicht zu erwarten. Er drehte sich um und ging den Gang wieder runter, breitbeinig und ohne Hast.

Leinen wollte zurück zu dem Ausgang für Anwälte. Er ging in die falsche Richtung, bis eine Beamtin ihn aufhielt und ihm den Weg erklärte. Dann musste er vor der Panzerglastür ein paar Minuten warten, bis sich die Schleuse öffnete. Der Putz über der Tür war abgeplatzt. Er sah den Wachtmeistern zu, die Ausweise kontrollierten und Namen in Kladden eintrugen. Hier, wo die Männer in ihren Zellen saßen, wo sie auf Strafe oder Freiheit warteten, war die Welt eng. Hier gab es keine Professoren, keine Lehrbücher, keine Diskussionen. Alles war ernst und endgültig. Er konnte versuchen, die Pflichtverteidigung wieder loszuwerden. Er musste Collini nicht verteidigen, der Mann hatte seinen Freund getötet. Es war leicht, die Sache zu beenden, jeder würde es verstehen.

Draußen nahm er ein Taxi und fuhr nach Hause. Der dicke Bäcker saß auf einem der Holzstühle vor seinem Laden unter einem Sonnenschirm.

»Wie geht es Ihnen?«, fragte Leinen.

»Es ist heiß«, sagte der Bäcker. »Aber drinnen ist es noch heißer.«

Leinen setzte sich, kippte den Stuhl zurück an die Wand und blinzelte in die Sonne. Er dachte an Collini.

»Und wie geht es Ihnen?«, fragte der Bäcker.

»Ich weiß nicht, was ich machen soll.«

»Was ist das Problem?«

»Ich weiß nicht, ob ich einen Mann verteidigen soll. Er hat einen anderen Mann getötet, den ich gut kannte.«

»Sie sind doch Rechtsanwalt.«

»Hm ...« Leinen nickte.

»Wissen Sie, jeden Morgen um fünf Uhr ziehe ich den Rollladen hoch, mache das Licht an und warte auf den Kühlwagen aus der Fabrik. Ich schiebe die Teiglinge in den Konvektomaten und verkaufe ab sieben Uhr den ganzen Tag das Zeug, das geliefert wurde. An den schlechten Tagen sitze ich drin, an den guten Tagen hier in der Sonne. Ich würde lieber richtiges Brot machen in einer richtigen Bäckerei mit richtigen Geräten und richtigen Zutaten. Aber so ist das halt nicht.«

Eine Frau mit einem Dalmatiner ging an ihnen vorbei in den Laden. Der Bäcker stand auf und folgte ihr. Nach ein paar Minuten kam er zurück und brachte zwei Gläser mit Wasser und Eis.

»Verstehen Sie, was ich meine?«, fragte der Bäcker.

»Nicht ganz.«

»Vielleicht habe ich irgendwann wieder eine ordentliche Bäckerei. Ich hatte eine, aber ich habe sie bei der Scheidung verloren. Jetzt arbeite ich hier, und mehr gibt es nicht. So einfach ist das.« Er trank das Glas in einem Zug leer und zerbiss einen Eiswürfel.

»Sie sind Rechtsanwalt, Sie müssen tun, was Rechtsanwälte tun.«

Sie saßen im Schatten und sahen den Passanten zu. Leinen dachte an seinen Vater. In dessen Welt schien alles einfach und klar, es gab keine Geheimnisse. Der Vater hatte versucht, ihm auszureden, Strafverteidiger zu werden. Das sei kein Beruf, in dem man anständig bleiben könne, dafür sei alles zu kompliziert, hatte er gesagt. Leinen erinnerte sich an eine Entenjagd im Winter. Der Vater hatte geschossen, eine Stockente war hart auf das Eis des Weihers geschlagen. Der Hund seines Vater war noch jung gewesen, er war losgelaufen, ohne dass er das Zeichen bekommen hatte. Er wollte die Ente apportieren. Das Eis war in der Mitte des Weihers dünn, der Hund brach ein, aber er gab nicht auf. Er schwamm durch das eiskalte Wasser und brachte die Ente ans Ufer. Ohne ein Wort zu sagen, zog der Vater seine Jacke aus und rieb den Hund mit dem Innenfutter trocken. Er trug ihn in der Jacke nach Hause. Zwei Tage saß der Vater mit dem jungen Hund auf den Knien vor dem Kamin. Als der Hund sich erholt hatte, schenkte er ihn einer Familie im Dorf. Er tauge nicht für die Jagd, hatte er gesagt.

Leinen sagte dem Bäcker, dass er wahrscheinlich recht habe, und ging in seine Wohnung. Am Abend rief er Johanna an. Er sagte, er könne nicht anders, er müsse Collini weiter verteidigen. Sein Mandant werde gestehen, das sei aber alles, was er tun könne. Es wurde ein langes Gespräch. Johanna war erst wütend, dann hilflos und schließlich verzweifelt. Sie fragte immer wieder, warum dieser Mann es getan habe. Sie nannte ihn nur »diesen Mann«. Sie weinte.

»Soll ich zu dir kommen?«, fragte er, nachdem sie alles gesagt hatten. Sie schwieg lange. In der Stille hörte er ihre Armreifen aus Holz aufeinanderschlagen.

»Ja«, sagte sie schließlich, »aber ich brauche Zeit.«

Als sie auflegten, war er müde und einsam.

Zwei Wochen später gestand Fabrizio Collini. Das Vernehmungszimmer in dem alten Gebäude in der Keithstraße war eng, zwei lichtgraue Schreibtische, ein Fenster, lauwarmer Filterkaffee aus Henkeltassen. Der Stuhl, auf dem Collini saß, war zu klein für ihn. Zwei Polizisten hatten die Vernehmung vorbereitet, die Akten der Staatsanwaltschaft lagen vor ihnen, gelbe Zettel klebten auf den Seiten, zu denen sie Fragen stellen wollten. Der ältere der beiden leitete diese Abteilung der Mordkommission, er hatte drei erwachsene Kinder und eine Schwäche für Pralinen. Sechsunddreißig Jahre Polizeidienst hatten ihn nicht zynisch, sondern gelassen gemacht, er sah die Beschuldigten als Menschen, ließ sie reden und hörte ihnen zu. Der andere Beamte war noch neu in der Abteilung, er kam vom Dezernat für Drogendelikte und war nervös. Häufiger als seine Kollegen ging er auf den Schießstand, seine Schuhe waren jeden Morgen blank geputzt, seine Freizeit verbrachte er in einem Sportstudio.

Der Jüngere legte Collini eine Bildermappe vor, Tatortfotos auf gelbem Karton, überscharfe Aufnahmen des zertrümmerten Kopfs des Toten. Leinen wollte protestieren, als der Alte scharf zu seinem Kollegen sagte, das sei nicht nötig, Collini gestehe doch. Der Alte wollte die Mappe vom Tisch nehmen, aber Collini hatte seine großen Hände darauf gelegt und presste sie auf den Tisch. Als der Alte die Mappe losließ, zog Collini sie zu sich und klappte sie auf. Er beugte sich vor und sah sich jedes einzelne Bild an. Er ließ sich Zeit. Lange sprach niemand im Zimmer. Nachdem er fertig war, klappte er die Mappe zu und schob sie zurück über den Tisch. »Er ist tot«, sagte Collini und sah dabei nur den Tisch an. Dann erklärte er, wie er sich als Journalist ausgegeben und telefonisch mit Meyers Sekretärin einen Termin vereinbart hatte, wie er in die Hotelsuite gegangen war und ihn getötet hatte. Als er nach der Waffe gefragt wurde, sagte er, er habe sie in Italien auf einem Flohmarkt gekauft.

Leinen saß neben seinem Mandanten, manchmal korrigierte er eine Formulierung, die die Polizisten ins Protokoll aufnehmen wollten, ansonsten zeichnete er Strichmännchen auf einen Block. Leinen hatte Collini die Sache erklärt: Ein Beschuldigter könne immer schweigen, aber wenn er gestehe, müsse der Richter ihn milder bestrafen. Das gelte nicht für einen Mord – dort sei die Strafe immer lebenslänglich. Aber bei einem Totschlag helfe das Geständnis.

Nach zwei Stunden hatten die Polizisten keine Fragen mehr zur Tat. Leinen stand auf und erklärte, die Vernehmung sei nun beendet. Die Beamten waren überrascht.

»Bitte, wir wollten doch nun zum Eigentlichen kommen – zum Motiv Ihres Mandanten, Herr Leinen. Wir müssen über das Motiv sprechen«, sagte der Alte.

»Tut mir leid.« Leinen blieb höflich. Er legte den Block zurück in die Aktentasche. »Fabrizio Collini hat die Tat gestanden. Weiter wird er sich nicht äußern.«

Die Beamten protestierten, aber Leinen blieb dabei. Der Alte seufzte und räumte die Akten zusammen, ihm war klar, dass er nichts machen konnte. Der junge Polizist wollte nicht aufgeben. Als am späten Nachmittag der gepanzerte Bus vorfuhr, um den Gefangenen von der Dienststelle zurück ins Gefängnis zu bringen, setzte er sich zu Collini auf die Rückbank. Er könne auch ohne seinen Anwalt reden, sagte er. Leinen sei sicher nett, aber jung und ohne Erfahrung in Mordsachen. Junge Anwälte rieten ihren Mandanten oft nicht das Richtige, sie machten alles schlimmer.

Collini sah ihn nicht einmal an, er schien zu schlafen. Aber als der Polizist noch näher heranrückte und ihn mit seinem Vornamen ansprach, drehte sich Collini zu ihm. Noch im Sitzen war er anderthalb Köpfe größer als der Beamte. Er beugte seinen riesigen Schädel über ihn und flüsterte: »Geh weg.«

Der junge Beamte rutschte in die andere Ecke des Transporters, Collini lehnte sich zurück und schloss wieder die Augen. Den Rest der Fahrt schwiegen sie, und auch später versuchte kein Polizist mehr, den Gefangenen ohne seinen Anwalt zu sprechen.

Schon vor der Vernehmung hatte die übliche Ermittlungsarbeit begonnen. Die Polizei tat alles, um ein Bild von Collini zu bekommen. Er war in den Fünfzigerjahren als Gastarbeiter aus Italien nach Deutschland gekommen. Er hatte bei Mercedes in Stuttgart als Lehrling begonnen, hatte dort seine Gesellenprüfung gemacht und war bis zu seiner Pensionierung vor zwei Jahren in der Firma geblieben. In der Personalakte der Firma gab es kaum Einträge, er sei gewissenhaft, zuverlässig und selten krank. Collini war unverheiratet. Er hatte fünfunddreißig Jahre in der gleichen Wohnung in Böblingen gelebt, einem Wohnblock aus den Fünfzigerjahren. Manchmal hatte man ihn mit einer Frau gesehen, unter den Nachbarn galt er als ruhiger und freundlicher Mann. Er hatte keine Vorstrafen, der Polizei in Böblingen war er unbekannt. Die Ermittler erfuhren von ehemaligen Arbeitskollegen, dass er seine Ferien immer in der Nähe von Genua bei Verwandten verbracht hatte, aber auch die italienischen Behörden konnten nichts berichten.

Der Ermittlungsrichter erließ einen Durchsuchungsbefehl für seine Wohnung. Auch dort fanden die Polizisten nichts, was auf einen Mord hindeutete. Die Finanzermittlungen erbrachten nichts anderes, seine Verhältnisse waren geordnet. Über ein Rechtshilfeersuchen an Italien wurde versucht, die Waffe zu identifizieren, aber es gab keine Hinweise, dass sie schon einmal bei einem Verbrechen benutzt worden war.

Obwohl die Strafverfolger jeder Spur nachgingen, waren sie nach sechs Monaten so weit wie am Anfang: Sie hatten ein Opfer und einen geständigen Täter, aber sonst hatten sie nichts. Der Hauptkommissar, der die Ermittlungen leitete, erstattete Oberstaatsanwalt Reimers regelmäßig Bericht. Am Ende zuckte er mit den Schultern. Er sagte, angesichts der Tatausführung müsse es sich um Rache handeln, aber er fände einfach keine Verbindung zwischen Täter und Opfer, Collini sei ein Geist geblieben. Und als Collini schließlich auch die Begutachtung durch einen psychiatrischen Sachverständigen ablehnte, blieben Polizei und Staatsanwaltschaft keine Ansätze mehr für weitere Ermittlungen.

Oberstaatsanwalt Reimers ließ den Kriminalbeamten so lange Zeit, wie er konnte. Manchmal tauchte während der Ermittlungen irgendetwas überraschend auf, eine Kleinigkeit, die alles erklärte. Man musste Geduld haben und gelassen bleiben. Aber in diesem Verfahren änderte sich nichts, alles blieb wie am ersten Tag. Reimers wartete Monate, erst dann setzte er sich an den Schreibtisch, las alles noch einmal, schrieb den Abschlussvermerk und die Anklage. Natürlich musste er das Motiv Collinis nicht kennen, um ihn wegen Mordes anzuklagen – wenn ein Beschuldigter nichts sagt, ist es seine Sache, niemand kann ihn zwingen. Aber Reimers mochte keine offenen Enden. Er wollte ruhig schlafen und wissen, dass er das Richtige tat.

Bevor er an diesem Abend das Büro verließ, legte er die Akten und die Anklage auf einen hölzernen Aktenbock, einen Beistelltisch mit verschiedenen Fächern, den die preußische Verwaltung erfunden hatte. Morgen würden sie dort von einem Wachtmeister abgeholt werden, »abtragen« nannten sie es.

Die Anklage würde gestempelt, jemand würde sie zur Poststelle des Landgerichts bringen und sie würde ein Aktenzeichen des Schwurgerichts bekommen. Reimers hatte seine Arbeit erledigt, die Dinge würden ihren Gang gehen, und ab jetzt lag es nicht mehr in seiner Hand. Aber als er nach Hause ging, war er unruhig.

Die Monate nach der Verhaftung Collinis liefen für Caspar Leinen gut. Er wurde ein paarmal in den lokalen Zeitungen erwähnt und bekam neue Mandate: sechs Drogenverfahren, einen Betrug, eine kleine Unterschlagung in einer Firma, eine Kneipenschlägerei. Leinen arbeitete genau, Zeugen zu befragen lag ihm, und er verlor in dieser Zeit keinen einzigen Prozess. Allmählich sprach sich in Moabit herum, dass er ein Verteidiger war, mit dem man rechnen musste.

Er besuchte Collini einmal pro Woche in der Haftanstalt. Nie hatte sein Mandant Wünsche, nie beschwerte er sich. Er blieb höflich und ruhig, nur auf Leinens Fragen nach seinem Motiv schwieg er. Obwohl Leinen ihm immer wieder erklärte, dass so keine sinnvolle Verteidigung möglich sei, blieb er stumm oder sagte manchmal, dass niemand mehr etwas ändern könne.

Mattinger und Leinen trafen sich oft abends noch

für eine Stunde auf dem Balkon der Kanzlei. Der alte Anwalt rauchte seine Zigarren und erzählte von den großen Strafverfahren der Siebzigerjahre. Leinen hörte ihm gerne zu. Über Collinis Verfahren sprachen sie nicht.

9

Zwei Tage nachdem die Anklage in der Kanzlei Leinens eingegangen war, rief Johanna an. Sie klang fremd, als sie sagte, sie müssten sich unterhalten, ob er nach München kommen könne. Leinen fuhr die Strecke von Berlin nach München mit dem alten Mercedes, den ihm sein Vater geschenkt hatte. Er parkte den Wagen vor dem Vier-Jahreszeiten-Hotel auf der Maximilianstraße, die Firma hatte dort für Gäste ständig zwei Zimmer gebucht, nach vorne, der teure Blick.

Am Nachmittag war das Treffen in der Repräsentanz der Meyer-Maschinenwerke. Der Konferenzraum, der große ovale Tisch aus Nussbaum, die grünen Vorhänge – das alles kannte er. Als Kind war er mit Meyer oft hier gewesen. Er hatte an diesem Tisch gesessen, gelesen und darauf gewartet, dass ihn der alte Herr wieder abholte. Jetzt saß Johanna dort, wo ihr Großvater sonst gesessen hatte. Er ging zu ihr und küsste sie auf die Wangen. Sie war ernst und sah ihn nicht an. Niemand rührte die ordentlich geschichteten Plätzchen auf den Porzellantellern an.

Der Justiziar war ein kleiner Mann mit hektischen Bewegungen, seine Manschettenknöpfe klackten gegen die Tischplatte, während er redete. Nach fünf Minuten war Leinen klar, dass der Termin sinnlos war. Der Justiziar wusste nichts. Er erklärte, man habe sogar die Archive der Firma durchgesehen, aber nichts gefunden, nicht einmal eine Rechnung von oder an einen Collini. Der Justiziar sagte immer weiter Sätze, die in solchen Besprechungen immer gesagt werden: »Da bin ich ganz bei Ihnen«, »Das entscheiden wir zeitnah« und »Wir bleiben in Kontakt«. Er hatte Leinen nur eingeladen, weil er wissen wollte, was die Verteidigung plante, und als er verstand, dass Leinen so ratlos war wie er selbst, war das Gespräch schnell beendet.

Leinen ging über die Straße ins Hotel. Sein Gepäck stand bereits im Zimmer. Er zog sich aus und ging ins Bad. Er duschte so heiß, dass es schmerzte. Langsam entspannte er sich. Als er nackt ins Zimmer zurückkam, stand Johanna vor dem Fenster, sie musste einen zweiten Schlüssel haben. Sie hatte einen der Vorhänge einen Spalt aufgezogen und sah auf die Straße, ein Schattenriss vor blaugrünem Himmel. Schweigend trat er hinter sie, schweigend lehnte sie sich gegen ihn, ihre Haare auf seiner Brust. Er legte seine Arme um sie, sie streichelte seine Hände. Draußen hatte es geschneit, die Autos glitten lautlos vorbei, das Dach der Straßenbahn war weiß. Irgendwann zog er den Reißverschluss ihres Kleids auf, streifte es von ihren Schultern und öffnete den BH. Unten, aus dem Geschäft gegenüber, kam ein Mann mit seinen Einkäufen, er rutschte aus, fing sich, musste die Tüten loslassen, kleine orangene Schachteln fielen in den Schnee. Caspar küsste ihren Nacken, ihr Hals war warm, sie nahm seine Hände und presste sie auf ihre kleinen Brüste. Sie griff hinter sich und begann ihn zu massieren. Der Mann auf der Straße sammelte die Päckchen wieder ein und winkte ein Taxi heran. Johanna drehte sich um, ihr Mund halb offen, Caspar küsste sie, ihre Wangen waren nass, er schmeckte das Salz. Sie nahm sein Gesicht in ihre Hände, hielt es, für einen Moment standen sie still. Dann drehte sie sich wieder zum Fenster, stützte sich auf die Heizungsverkleidung und bog ihren Rücken durch. Er drang in sie ein, sah ihre Schulterblätter, die weiße Haut, den dünnen

Film auf ihrem Rücken und alles war zerbrechlich, gleichzeitig und endlich.

Viel später lagen sie auf dem Bett, müde und ohne Verlangen, sie sprachen von Philipp, von Roßthal und ihrem Sommer, bis allmählich die Worte verschwammen. Im Schlaf ballte Caspar Leinen seine Hand zu einer Faust, als könne er festhalten, was sich verflüchtigte.

Er wachte früh auf. Johanna lag auf dem Rücken, ihr Kopf lag in ihrer Armbeuge, sie atmete ruhig und gleichmäßig. Leinen sah ihr lange zu, dann stand er auf, zog sich im Dunkeln an, schrieb ihr einen Zettel und schloss leise die Tür. Die Lobby war überfüllt, eine Vertretertagung, es war laut.

Er ging nach draußen und stieg in die Straßenbahn. Die Menschen sahen müde aus, manche schliefen auf ihren Sitzen, die Scheiben waren von innen beschlagen. Er stieg an der Haltestelle Tivolistraße aus, durchquerte den Englischen Garten und ging durch den Schnee zum Kleinhesseloher See. Kaum einen Kilometer von der Straße entfernt, mitten in der Stadt, sah er sie: Zwergtaucher, Reiher-, Tafel-, Kolben- und Stockenten, Blesshühner, Grau- und Streifengänse und vor allem die Rabenkrähen. Sein Vater hatte ihm als Kind die Vögel erklärt. Raben, hatte er gesagt, wüssten alles. Leinen wischte von einer Parkbank den Schnee, setzte sich und schaute den Vögeln so lange zu, bis die Kälte sein Gesicht hart und seine Schultern steif gemacht hatte.

Am späten Nachmittag holte er Johanna in der Konzernrepräsentanz ab. In seinem Wagen fuhren sie nach Roßthal. Sie wollten Hans Meyers private Unterlagen durchsehen und Antworten finden. Roßthal war nur eine gute Stunde von München entfernt, aber als sie ankamen, schien es wie eine andere Welt. Haus und Park lagen im Schnee, blaues Winterlicht. Sie fuhren über das Rondell und parkten den Wagen vor der Treppe. Frau Pomerenke, die letzte Haushälterin Meyers, öffnete die Tür. Sie lief etwas wacklig die Stufen hinunter und umarmte Johanna mit Tränen in den Augen. »Ach, Caspar«, sagte sie dann, »wie schön, dass Sie auch wieder zu Hause sind.« Sie hatte Feuer im großen Kamin gemacht und sagte, in der Küche sei ein Abendessen, sie bräuchten es nur warm zu machen. Dann zog sie sich in ihre zwei Zimmer neben dem Wirtschaftsraum zurück, später hörten sie dort den Fernseher.

Johanna und Leinen gingen durch die Räume, über den Möbeln und Lampen lagen weiße Tücher, die Fensterläden waren geschlossen. Es war kühl und still. Nur in der Bibliothek tickte die Standuhr, jemand zog sie noch jeden Tag auf. Im Arbeitszimmer fiel Licht durch einen Spalt in den Vorhängen und teilte den Schreibtisch in breite Streifen. Hier hatte Hans Meyer jeden Tag Zeitung gelesen. In der Küche war sie immer gebügelt worden, damit sie steif blieb und die Druckerschwärze nicht an den Händen klebte. Sie standen bewegungslos in dem Zimmer und sahen den Schreibtisch an. Johanna riss sich zuerst los, sie umarmte und küsste Leinen, und es kam ihm so vor, als wolle sie sich versichern, dass sie lebendig seien.

Sie zogen die Tücher vom Schreibtisch, die beiden Schubladen waren unverschlossen: nur Briefpapier in verschiedenen Größen mit passenden Umschlägen, eine Sammlung von Bleistiften, zwei alte Füllfederhalter, ein Diktiergerät mit leeren Kassetten. In den Regalen standen unzählige Aktenordner, ordentlich beschriftet, Bilanzen, Haushaltsbücher, Einladungen, Geschäfts- und Privatkorrespondenz nach Jahren und Buchstaben geordnet. Sie saßen auf den beiden dunkelgrünen Sofas und blätterten eine lange Reihe Fotoalben durch, auch sie waren nach Jahren geordnet. Leinen erinnerte sich daran, wie Philipp und er sie schon früher angeschaut hatten: Familienfeste, Ausflüge, Ferien in Italien, Safaris in Afrika, Hochgebirgsjagden in Österreich. Die meisten Gesichter kannten sie. Johanna fand einen Band mit der Aufschrift »Caspar Leinen«. Hans Meyer hatte dort Urkunden eingeklebt, die Leinen ihm als Kind ge-

schickt hatte: Bundesjugendspiele, Frei- und Fahr-
tenschwimmer, zweiter Sieger der Internatsmeister-
schaft beim Abfahrtslauf. Später hatte Hans Meyer
sich aus der Rechtsabteilung der Firma die Aufsätze
und Urteilsbesprechungen, die Leinen in juristischen
Zeitungen geschrieben hatte, schicken lassen. Auch
sie waren in Klarsichtfolien in den Ordner abge-
heftet. Manchmal hatte Meyer einen Satz angestri-
chen oder ein Fragezeichen hinter einen Absatz gemacht.

Nach ein paar Stunden bekamen sie Hunger. Sie
gingen in die Küche. Es gab Roastbeef und das noch
warme Brot, das die Köchin für sie gebacken hatte.
Sie sprachen leise, weil das Laute im Dunkeln falsch
klang. Johanna erzählte von ihrer Ehe. Sie sagte, ihr
Mann sei da gewesen, als ihre Eltern starben, Tag für
Tag habe er sie geschützt vor der Einsamkeit, vor
dem Tod. Aber langsam hätten die Dinge des Alltags
sie überholt. Irgendwann habe sie ihn beim Frühstück nicht mehr ansehen können, sie habe gewusst,
dass das bis zum Abend vorbei sein würde, aber beim
Frühstück habe sie ihn einfach nicht mehr ansehen
können. Das habe sie zwei Jahre ausgehalten, dann
sei es nicht mehr gegangen. Jetzt würde schon lange
jeder sein eigenes Leben leben, sie in London, er in
Cambridge. Es sei nicht so gelaufen, wie sie es sich
vorgestellt hatten.

Später zogen sie die Tücher von dem alten Flügel. Johanna spielte, aber der Blüthner war verstimmt, er klang hohl und falsch in dem leeren Haus. Irgendwann gingen sie hoch in ihr Mädchenzimmer. Sie schliefen unter Bergen von Decken miteinander, langsam und nah, die Wärme der fremden Haut. Schiffbrüchige auf einem Floß, dachte Leinen. Und dann verstand er, dass sie sich nicht liebten, der Begriff hatte keine Bedeutung – sie waren einfach.

Als er aufwachte, glaubte er, er höre wie früher das Gebell der Hunde am Morgen und das Klappern des Geschirrs aus dem Esszimmer, und für einen Moment stand Philipp im Raum. Er sah aus, wie er immer um diese Zeit ausgesehen hatte: bleich, mit verstrubbelten Haaren, im Pyjama und offenen Morgenmantel. Er hatte eine Zigarette im Mundwinkel, er lächelte und winkte ihm zu. Leinen setzte sich auf die Fensterbank. In der Nacht hatte es wieder geschneit. Auf dem dunklen Kranich vor der Orangerie lag Schnee, sein Schnabel schien im Eis des Brunnens festgefroren.

Am folgenden Vormittag durchsuchten sie Speicher und Keller, sie sahen in jeden Aktenordner, in Schränke und Kisten, aber sie fanden nichts, was Collinis Tat erklärte. Dann brachte Johanna ihn zu seinem Wagen. Bevor er durch das Tor aus dem Park fuhr, drehte er sich noch einmal um: Johanna verschwamm im Tau auf der Rückscheibe, sie lehnte an einer der weißen Eingangssäulen und sah hoch in den hell erleuchteten Winterhimmel.

10

Die 12. Große Strafkammer – eines der acht Schwurgerichte am Landgericht Berlin – ließ die Anklage wegen Mordes gegen Collini zu. Wie immer bei großen Prozessen wurden für den Tag keine weiteren Beweiserhebungen angeordnet, nur ein psychiatrischer Sachverständiger sollte teilnehmen, um Collini später begutachten zu können. Auch für die nächsten Tage war die Zeugenliste nicht besonders lang: Gäste und einige Angestellte aus dem Hotel, Vernehmungsbeamte und weitere Polizisten, Gerichtsmediziner und ein Sachverständiger für die Tatwaffe waren als Gutachter vorgesehen. Die Vorsitzende Richterin hielt das Verfahren für übersichtlich, sie legte nur zehn Hauptverhandlungstage fest.

In den Fernsehnachrichten konnte man jetzt Mattinger sehen, er sagte immer das Gleiche: »Der Prozess wird vor Gericht entschieden.« Dabei sah er freundlich und klug aus, dreiteiliger dunkler Anzug, silberne Krawatte, weiße Haare. Und als die Kameras ausgeschaltet waren, erklärte er den Journalisten, worauf es ankäme. Die Presse brachte alte Verfahren von Mattinger. Eines galt als legendär: Ein Mann war von seiner Frau angezeigt worden, sie vergewaltigt zu haben. Es gab die üblichen Indizien, Hämatome an den Innenseiten ihrer Schenkel, sein Sperma in ihrer Vagina, lückenlose, widerspruchsfreie Aussagen bei der Polizei. Der Mann hatte bereits zwei Vorstrafen wegen Körperverletzung. Der Vorsitzende befragte die Frau, er war gründlich, er ging zwei Stunden jedem Detail in ihrer Aussage nach. Die Staatsanwaltschaft erklärte, sie habe keine Fragen. Aber Mattinger glaubte der Frau nicht. Seine erste Frage lautete: »Möchten Sie zugeben, dass Sie gelogen haben?« Sie verneinte. Er begann um 11 Uhr mit seinen Fragen, um 18 Uhr vertagte das Gericht den Prozess. Der Vorsitzende bat den Anwalt zur Richterbank, er schlug einen günstigen Deal für den Angeklagten vor, geringe Strafe bei Geständnis. Mattinger wurde laut: »Sehen Sie denn nicht, wie verrottet die Frau ist?« Am nächsten Verhandlungstag fragte Mattinger weiter. Und am übernächsten. Am Ende stand die Frau siebenundfünfzig Tage im Zeugenstand und musste seine Fragen beantworten. Am Morgen des achtundfünfzigsten Tages gab sie zu, dass sie ihren Mann aus Eifersucht ins Gefängnis bringen wollte. Die letzte Frage war die gleiche wie am Anfang: »Möchten Sie zugeben, dass Sie gelogen haben?« Diesmal nickte sie. Der Angeklagte wurde freigesprochen. Entweder konnte Mattinger die Ungerechtigkeit nicht ertragen oder er konnte nicht verlieren. Auf jeden Fall gab er nie auf.

In diesen Tagen saß der alte Anwalt jede Nacht an seinem Schreibtisch, man konnte das Licht vom Kurfürstendamm aus sehen. Aber heute, in der Nacht vor dem ersten Hauptverhandlungstag, fühlte er sich alt. Er wollte nicht ins Bett gehen. Seine Frau war seit fünfzehn Jahren tot, trotzdem tastete er noch immer jeden Morgen im Schlaf nach ihr und fast immer erschrak er, weil sie nicht da war. Als sie gestorben war, hatte er neben ihr auf dem Bett gesessen. Zuerst Unterleibskrebs, danach weitere Geschwüre, schließlich hatten die Ärzte gesagt, dass keine Hoffnung mehr bestünde. Ihr Geruch hatte sich schon seit Wochen verändert, zu viele Medikamente, zu viel Morphium. Er hatte neben ihrem Bett gesessen und ihre Hand gehalten, auch an diesem letzten Tag, als nur noch ein Strich auf dem EKG war. Die Ärzte hatten gesagt, sie hätte nichts gespürt. Er war erleichtert gewesen, als sie tot war, aber später hatte er sich dafür geschämt. Er war aufgestanden und hatte das Fenster geöffnet. Unten auf der Straße vor dem Krankenhaus hatten die anderen ihre Einkäufe nach Hause getragen, waren Arm in Arm gegangen, hatten telefoniert, gestritten, geredet, gelacht. Mattinger hatte gedacht, er gehöre nicht mehr dazu.

Er zündete sich eine Zigarre an und beugte sich wieder über die Akten. Als er um zwei Uhr früh das Licht ausschaltete, konnte er sie fast auswendig.

Auch Caspar Leinen war in dieser Nacht noch wach. Er blieb bis um halb vier Uhr morgens in seiner Kanzlei. Überall auf seinem Schreibtisch lagen Papierstöße, die Akte hatte er aufgeteilt in Zeugenaussagen, Sachverständige, Polizeiberichte, Spurengutachten. Leinen suchte etwas, aber er wusste nicht, was es war. Irgendeine Kleinigkeit hatte er übersehen. Irgendwo musste der Schlüssel sein, der den Mord erklären und die Welt wieder ordnen würde. Er rauchte zu viel, er war nervös, und er hatte Angst. Auf dem Beistelltisch neben dem Schreibtisch stand Hans Meyers Schachbrett, die alten Figuren waren verteilt auf den Papierstapeln. Leinen dachte an Johanna, vier Schwarz-Weiß-Bilder aus einem Fotoautomaten klebten mit einem Tesastreifen am Schirm der Schreibtischlampe. Sie würde morgen kommen, sie wollte den Mörder ihres Großvaters sehen. Er sah die Bilder an und merkte, wie müde er war. Leinen suchte seine Aktentasche. Er legte lediglich die Anklageschrift hinein, mehr würde er morgen nicht brauchen. Dann steckte er den weißen König aus dem Schachspiel in seine Hosentasche, zog den Mantel an, nahm seine Robe über den Arm und verließ das Büro.

Der Nachthimmel war wolkenlos, es war kalt. Er dachte daran, dass morgen drei Richter und zwei Geschworene, ein Staatsanwalt, ein Nebenkläger und er selbst über einen Angeklagten zu Gericht sitzen würden. Acht Menschen mit acht Lebensläufen, jeder mit eigenen Wünschen, Ängsten und Vorurteilen. Sie würden sich nach der Strafprozessordnung richten, einem alten Gesetz, das den Gang eines Verfahrens bestimmt. Hunderte Bücher waren über sie geschrieben worden, Urteile wurden aufgehoben, weil ein einziger ihrer über vierhundert Paragrafen nicht beachtet wurde. Leinen ging an Mattingers Kanzlei vorbei und sah hoch zu den Fenstern. Der alte Anwalt hatte gesagt, jeder Prozess solle ein Kampf um das Recht sein, die Väter der Gesetze hätten es so vorgesehen. Die Regeln seien klar und streng, nur wenn sie beachtet würden, könnte Gerechtigkeit entstehen.

Auf dem Kurfürstendamm standen die Prostituierten vor den Leuchtkästen, eine sprach Leinen an, er lehnte höflich ab und ging durch das nächtliche Berlin nach Hause.

Um sechs Uhr begannen die Wachtmeister mit der Runde zu den Sälen des Gerichts, sie mussten die Terminzettel neben die Türen hängen. Auf den Aushängen stand, gegen wen und wann verhandelt wurde. Die Beamten würden etwa eine Stunde brauchen, das Gericht hatte zwölf Höfe, siebzehn Treppenhäuser, etwa dreihundert Verhandlungen fanden jeden Tag statt. Neben der hohen Doppeltür aus Holz mit der Aufschrift »500«, dem größten Verhandlungssaal in Moabit, heftete der Wachtmeister mit einer Reißzwecke ein einzelnes Blatt:

»12. Große Strafkammer – Schwurgericht –
Verfahren gegen Fabrizio Collini wegen Mordes –
9:00 Uhr«.

11

»Einen Kaffee, bitte.« Caspar Leinen hatte wenig
geschlafen, aber sein Körper war voller Adrenalin, er
war hellwach. Er saß im »Weilers«, einem Café gegenüber dem Gericht. Jeder ging hier hin, es gab
hausgemachten Kuchen und belegte Brötchen. Manche sagten, das »Weilers« sei der eigentliche Mittel-
punkt des Strafgerichts. Jeden Tag saßen hier Anwälte, Staatsanwälte, Richter und Sachverständige,
Prozesse wurden besprochen, Vereinbarungen aus-
gehandelt.

»Gerne. Sie sind heute aber früh dran«, sagte die
Bedienung, eine hübsche Türkin, über die es in Moabit viele Geschichten gab.

Leinen war schon um acht Uhr im Café, eine Stunde
vor Prozessbeginn. Auf dem Bürgersteig vor dem Ge-

richt hatten die Sender Kameras aufgebaut, Übertragungswagen parkten halb auf der Straße, Kameramänner in dicken Mänteln und Fernsehreporter in zu dünnen Anzügen standen in der Kälte. Die größeren Teams hatten sich eine Dreherlaubnis für das Gerichtsgebäude besorgt. Auch das »Weilers« war voller Journalisten, sie versuchten abgeklärt auszusehen.

Eine Gruppe junger Staatsanwälte kam ins Café, Leinen kannte einige vom Referendariat. Es gab die üblichen Witze über reiche Anwälte und arme Staatsdiener. Leinen erfuhr, dass niemand bei »Kap«, der Abteilung für Kapitalverbrechen der Staatsanwaltschaft, eine Überraschung erwarte.

Leinen trank aus und verabschiedete sich, einer der Staatsanwälte klopfte ihm auf die Schulter und wünschte ihm Glück. Nachdem er den Kaffee an der Theke bezahlt hatte, ging er über die Straße zum Haupteingang. Er zeigte den Beamten seinen Hausausweis, wurde an der langen Reihe der Besucher vorbeigelassen und stand in der Mittelhalle des Gerichts. Noch immer fand er den Eindruck überwältigend: Die Halle war dreißig Meter hoch, eine Kathedrale. Die Steinplastiken über dem Treppenhaus sahen bedrohlich nach unten, sechs Allegorien für Religion, Gerechtigkeit, Streitsucht, Friedfertigkeit, Lüge und Wahrheit. Angeklagte und Zeugen sollten sich klein fühlen, sie sollten die Macht der Justiz fürchten. Selbst auf jeder Bodenfliese waren die Buchstaben »KCG« eingebrannt, die Insignien für »Königliches Criminal Gericht«. Leinen nahm einen versteckten Aufzug im Seitenflügel, fuhr in den ersten Stock und betrat den Saal 500.

Obwohl es ein ganz normaler Arbeitstag war, saßen auf den Zuschauerbänken etwa hundertdreißig Menschen eng aneinander. Der Andrang der Presse war so groß, dass für die Journalisten die Sitzplätze ausgelost werden mussten. Sie würden enttäuscht sein, denn am ersten Verhandlungstag in solchen Prozessen wird fast immer nur die Anklage verlesen.

Trotzdem hatten alle wichtigen Zeitungen ihre Korrespondenten geschickt, Leinen kannte keines der Gesichter. Vier Kamerateams liefen durch den Saal, sie filmten, was sie filmen konnten: Aktenstöße, Gesetzbücher und natürlich Fabrizio Collini. Er saß in einem Glaskäfig hinter der Verteidigerbank, man konnte ihn kaum sehen. Es waren Fernsehbilder ohne Aussage.

Oberstaatsanwalt Dr. Reimers saß an der Fensterseite, er sah auf die Uhr. Vor ihm lag eine schmale rote Akte, sie enthielt nichts als die Anklage, mehr war für heute nicht vorgesehen. Es würde ein kurzer Prozesstag werden. Neben dem Staatsanwalt, durch eine Glasscheibe getrennt, stand Mattinger als Vertreter der Nebenkläger.

Leinen ging zu seinem Platz, zog die Anklageschrift aus der Tasche und stellte den weißen König aus Meyers Schachspiel vor sich auf den Tisch. Johanna erschien als Letzte, damit sie nicht mit der Presse sprechen musste. Er ertrug es fast nicht, sie auf der anderen Seite zu sehen.

Kurz nach neun sagte die Protokollführerin in das Mikrofon: »Stehen Sie bitte auf.« Als alle Zuschauer und Prozessbeteiligten standen, öffnete sich eine kleinere Tür hinter der Richterbank. Leinen wusste, dass dahinter das Beratungszimmer lag, ausgestattet mit einem langen Tisch, Stühlen, einem Telefon und einem Waschbecken.

Als Erste betrat die Vorsitzende den Saal, ihre linke Hand zitterte ein wenig. Sie stellte sich vor den mittleren der fünf hohen Stühle, je ein Berufsrichter stand neben ihr, die Schöffen außen. Bis auf die Schöffen trugen alle schwarze Roben. Sie blieben stehen und sahen noch drei, vier Minuten den Kcamerateams zu. »So, meine Damen und Herren, jetzt ist es genug, bitte verlassen Sie den Saal«, sagte die Vorsitzende freundlich. Ein Wachtmeister öffnete die Saaltür, zwei andere postierten sich vor den Kameras und breiteten die Arme aus. »Sie haben gehört, was die Vorsitzende gesagt hat, bitte verlassen Sie jetzt den Saal.« Allmählich kehrte Ruhe ein.

»Ist der Angeklagte vorgeführt?«, fragte die Vorsitzende die Protokollführerin auf der rechten Seite. Auch sie trug eine schwarze Robe. Die junge Frau hatte ihre Haare zu einem Pferdeschwanz zusammengebunden.

»Ja«, sagte sie.

»Gut, dann fangen wir jetzt an.« Die Vorsitzende machte eine kurze Pause und zog das Mikrofon zu sich. »Ich eröffne die Sitzung der 12. Großen Strafkammer in dem Verfahren gegen Herrn Fabrizio Collini. Bitte setzen Sie sich.«

Danach stellte sie die Anwesenheit der Prozessbeteiligten fest, verlas die Besetzung des Gerichts und fragte Collini nach Alter, Beruf und Familienstand. Schließlich drehte sie sich zum Oberstaatsanwalt um und bat ihn, die Anklage zu verlesen. Reimers trug den kurzen Text im Stehen vor, es dauerte kaum fünfzehn Minuten, ein Mord ist schnell geschildert. Die Vorsitzende erklärte, dass das Gericht die Anklage zur Hauptverhandlung zugelassen habe, sie belehrte Collini ausführlich über sein Recht zu schweigen. Die Protokollführerin tippte in den Computer: »Der Angeklagte wird über seine Rechte belehrt.« Dann wandte sich die Vorsitzende direkt an Leinen.

»Herr Verteidiger, Sie haben das sicher schon mit Ihrem Mandanten besprochen. Möchte der Angeklagte sich äußern?«

Leinen schaltete das Mikrofon vor sich ein, eine kleine rote Lampe leuchtete auf.

»Nein, Frau Vorsitzende, Herr Collini wird sich vorerst nicht einlassen.«

»Was heißt ›vorerst‹? Wird sich der Angeklagte denn später einlassen?«

»Wir haben das noch nicht entschieden.«

»Ist dies auch Ihre Erklärung, Herr Collini?«, fragte die Vorsitzende den Angeklagten. Collini nickte. »Na gut«, sagte sie und zog die Brauen hoch. »Dann haben wir für heute kein weiteres Programm. Fortsetzung der Verhandlung ist der kommende Mittwoch. Die Prozessbeteiligten sind geladen. Die Sitzung ist geschlossen.« Mit einer Hand hielt sie das Mikrofon zu und sagte: »Herr Dr. Reimers, Herr Mattinger, Herr Leinen, bitte, bleiben Sie noch einen Moment. Ich möchte mit Ihnen außerhalb der Sitzung sprechen.«

Leinen drehte sich zu Collini um und wollte sich verabschieden, aber sein Mandant war bereits aufgestanden und zu den Wachtmeistern gegangen. Bis der Saal leer war, dauerte es fast fünfzehn Minuten. Als die Prozessbeteiligten alleine waren, sagte die Vorsitzende: »Meine Herren, wir alle wissen, dass das ein ungewöhnliches Verfahren ist. Das Opfer ist fünfundachtzig, der Angeklagte siebenundsechzig. Er ist nicht vorbestraft und hat ein tadelloses Leben geführt. Trotz der sehr langen Ermittlungen ist kein Motiv erkennbar.« Sie sah Oberstaatsanwalt Reimers streng an, die Kritik an der Arbeit der Staatsanwaltschaft war unüberhörbar. »Ich möchte Ihnen sagen, dass ich keine Überraschungen mag. Wenn die Verteidigung, die Staatsanwaltschaft oder die Nebenklage irgendwelche Anträge oder Erklärungen plant, ist jetzt die Gelegenheit, das dem Gericht mitzuteilen.«

Die Richter, Reimers und Mattinger sahen Leinen an. Es war eindeutig: Sie brauchten das Motiv Collinis und warteten darauf, dass er einen Fehler machte.

»Frau Vorsitzende«, sagte Leinen, »Sie wissen ja, dass Sie alle viel mehr Erfahrung haben als ich und dass das mein erster Schwurgerichtsprozess ist. Deshalb verzeihen Sie, dass ich frage, ob ich Sie eben richtig verstanden habe: Wollen Sie jetzt von mir wissen, wie sich Herr Collini verteidigen wird? Er sagte Ihnen eben in der Verhandlung, dass er vorerst schweigen will. Wollen Sie jetzt von mir mehr erfahren?«

Die Vorsitzende musste lächeln. Leinen lächelte zurück.

»Ich sehe«, sagte sie, »dass wir uns keine Sorgen machen müssen, der Angeklagte werde nicht gut verteidigt. Dann lassen wir es vorerst dabei. Einen schönen Tag noch, wir sehen uns am Mittwoch.«

Reimers packte seine Akten zusammen, Leinen und Mattinger gingen zur Saaltür. Mattinger legte seine Hand auf Leinens Unterarm.

»Gut gemacht, Leinen«, sagte Mattinger. »Und jetzt die Presse.« Er nickte Leinen kurz zu und öffnete die Doppeltür. Die Blitzlichter der Fotografen blendeten sie. Mattinger stellte sich in das Licht der Kameras. Trotz seiner gebräunten Haut sah er jetzt bleich aus, und Leinen hörte ihn immer wieder sagen: »Warten Sie doch den Prozess ab, meine Damen und Herren. Es tut mir leid, aber ich werde jetzt noch nichts kommentieren. Warten Sie es ab.«

Leinen drückte sich an den Reportern vorbei.

Vor dem Gericht wartete Johanna in einem Taxi. Sie ließen sich zum Schloss Charlottenburg fahren. Jeder sah aus seinem Fenster, sie wussten nicht, was sie sagen sollten. In der Sonne war es warm, aber der Park hinter dem Schloss lag im Schatten, und der Wind war kalt. Eine alte Frau streute Vogelfutter auf den Weg, sie musste es noch vom Winter übrig haben.

»Krähen betteln nie«, sagte er, um irgendetwas zu sagen.

Sie gingen lange nebeneinander, ohne zu sprechen. Ihre Schuhe waren für den Kiesweg zu dünn. Das hellblaue Kupferdach des Teehauses glänzte in der Sonne. Von der Spree hörten sie eine Lautsprecherstimme aus einem Touristenboot. Die alte Frau saß jetzt auf einer Parkbank. Sie trug Handschuhe aus roter Wolle mit abgeschnittenen Fingern. Die Tüte mit dem Vogelfutter war leer.

Plötzlich blieb Johanna stehen und sah Leinen an. Zum ersten Mal bemerkte er eine kleine Narbe über ihrer rechten Augenbraue. »Mir ist kalt«, sagte sie. »Lass uns nach Hause gehen. Ich muss erst morgen zurück nach London.«

Leinen hatte die Wohnung schon als Referendar gemietet, er mochte nicht umziehen, der Platz reichte ihm. Zwei Zimmer, eine typische Berliner Altbauwohnung, gekalkte Wände, hohe Decken, Parkett, ein enges Bad. An fast allen Wänden standen Regale, auch sonst überall Bücher, sie lagen auf dem Boden, dem Sofa, den Stühlen, auf dem Rand der Badewanne. Johanna sah sich alles an. Der Kopf eines Buddhas aus Holz stand zwischen den Büchern. Es gab eine verrostete Speerspitze aus Ostafrika in einem anderen Regal, zwei Bleistiftzeichnungen hingen im Flur: der Obstgarten in Roßthal. Auf dem Fenster standen ein paar Fotografien: sein Vater mit grünem Hut, seine Mutter vor dem Forsthaus. In einem silbernen Rahmen ein halbes Dutzend junger Männer auf der Freitreppe des Internats, sie erkannte Caspar und Philipp.

Sie tranken Kaffee, bis ihnen warm wurde. Sie sprachen über Johannas Leben in London, ihre Freunde und das Auktionshaus, in dem sie arbeitete. Irgendwann beugte sie sich über den Tisch, Leinen hielt ihren Kopf, als er sie küsste, ein Teller mit Brot fiel auf den gekachelten Boden und zersprang. Leinen dachte daran, dass sie morgen früh gehen würde, zurück nach London in ein anderes Leben, das er nicht kannte.

Gegen fünf Uhr wachte er auf, das Zimmer war noch dunkel. Johanna saß nackt auf dem Boden vor der Balkontür, sie hatte die Beine angezogen, den Kopf stützte sie auf die Knie, sie weinte. Er stand auf und legte ihr die Decke um die Schultern.

Am nächsten Morgen brachte er Johanna zum Flughafen. Menschen begrüßten und verabschiedeten sich, es gab keine Strafprozesse, die ihre Kindheit zerstörten. Johanna küsste ihn, ging durch die Ticketkontrolle und verschwand hinter einer blinden Scheibe. Er hatte Angst, sie zu verlieren, so wie er Philipp verloren hatte. Plötzlich bewegte sich alles um ihn zähflüssig. Bänke, Boden, Menschen und Geräusche wurden dumpf und fremd, das Licht stimmte nicht mehr. Ein junges Mädchen mit einem Rollkoffer rempelte ihn an, ohne dass er ausweichen konnte. Leinen stand fast zehn Minuten unbeweglich in der Halle. Er sah sich von außen, ein Fremder, zu dem er nur eine undeutliche Verbindung hatte. Irgendwann konnte er sich zwingen, seine Hände zu falten, er versuchte sich an Form und Größe der Finger zu erinnern und langsam kehrte er zurück. Er ging zur Toilette, wusch sich das Gesicht und sah sich so lange im Spiegel an, bis er sich selbst wieder spürte.

Im Flughafenkiosk kaufte er alle Zeitungen und las sie im Auto auf dem Parkplatz. Die Boulevardzeitungen brachten den Prozess als Aufmacher. Eine Politesse klopfte an die Scheibe und sagte, er dürfe hier nicht parken.

12

An den ersten fünf Prozesstagen hörte das Gericht Zeugen und Sachverständige. Die Vorsitzende Richterin war gut vorbereitet. Sie fragte routiniert und gründlich, sie schien unvoreingenommen. Es gab keine Überraschungen, die Zeugen sagten so aus, wie sie das bereits vor der Polizei getan hatten. Oberstaatsanwalt Reimers hatte kaum Fragen, manchmal ergänzte er einen Punkt.

Mattinger beherrschte den Prozess. Als erster Sachverständiger wurde der Gerichtsmediziner gehört. Mattinger fragte Professor Wagenstett nach Schusswinkeln, Ein- und Austrittswunden, nach Stanzmarken, Abständen und Tritten, er ließ ihn an den Fotos die Einzelheiten erklären. Leinen sah, wie sich die Schöffen vor den Obduktionsbildern ekelten, sie würden ihnen im Gedächtnis bleiben. Mattinger fragte in einer Sprache, die alle verstanden. Immer wenn Wagenstett einen medizinischen Ausdruck verwandte, verlangte Mattinger eine Übersetzung, und wenn der Rechtsmediziner keine hatte, ließ Mattinger ihn mit einfachen Worten beschreiben, was er sagen wollte. Nach zwei Stunden stand vor jedem im Saal das Bild eines brutalen Mannes, der einen wehrlosen Greis in die Knie zwang und ihm von hinten in den Kopf schoss. Mattinger hatte nicht ein einziges Mal die Stimme erhoben, es gab keine großen Gesten. Der alte Anwalt saß ruhig auf seinem Platz und stellte einfache Fragen, er wirkte gelassen und verließ sich auf die Bilder in den Köpfen der Zuhörer.

Nach fünf Tagen schien der Rest des Prozesses nur noch Routine zu sein. Die Vorsitzende war weiter freundlich und die Protokollführerin mit dem Pferdeschwanz sah Leinen immer öfter mitleidig an. Das Interesse der Presse erlahmte, jeden Tag kamen weniger Journalisten in den Saal. In den Zeitungen hatte man sich darauf geeinigt, dass Collini wohl einfach nur ein Verrückter sei. Am sechsten Tag wurde eine der beiden Schöffinnen krank, eine schwere Grippe. Die Vorsitzende unterbrach den Prozess für zehn Tage.

Leinen war klar, dass er das Verfahren verlor. Er hatte jeden Abend in der Kanzlei gesessen und die Akten durchgeblättert. Zum hundertsten Mal hatte er die Aussagen der Zeugen, den Obduktionsbericht, die Gutachten der Sachverständigen und die Vermerke der Kriminalbeamten gelesen. An den Wänden seines Büro hingen die Tatortfotos, er hatte sie jeden Tag angestarrt und nichts gefunden. Auch an diesem Tag ging es ihm nicht anders. Gegen zehn Uhr knipste er die Schreibtischlampe aus. Er sah zu, wie seine Zigarette im Aschenbecher verglühte, und roch den angesengten Filter. Mattinger hatte gesagt, er solle nachdenken, immer stünden die Antworten in den Akten, man müsse sie nur richtig lesen. »Wie verteidigt man einen Mann, der sich nicht verteidigen will«, dachte Leinen.

Ihm fiel ein, dass er vergessen hatte, seinen Vater zum Geburtstag anzurufen. Er sah auf die Uhr und wählte im Halbdunkel des Zimmers die Nummer. Sein Vater klang wie immer, er sagte, er reinige gerade die Büchsen, den ganzen Tag sei er draußen im Revier gewesen und habe die Futterkrippen aufgeräumt.

Als Leinen auflegte, glaubte er das Waffenöl wieder zu riechen. Er schloss die Augen. Plötzlich sprang er auf, schaltete das Licht ein und hastete zur Wand mit den Tatortfotos. Blatt 26, Bild 52: »Tatwaffe: Walther P38« hatte ein Polizist unter das Foto geschrieben. Leinen sah sich die Pistole genau an, er nahm vom Schreibtisch ein Vergrößerungsglas. Er kannte die Waffe. Dann wählte er noch einmal die Telefonnummer seines Vaters.

Am nächsten Morgen nahm Leinen den Zug von Berlin nach Ludwigsburg. Er hatte eine Spur, sie war vage und dünn, aber es war eine Spur. Am Bahnhof in Ludwigsburg fragte er einen Taxifahrer nach der Adresse. Der Mann sagte, es sei nicht weit, man könne die Strecke laufen, aber er fahre ihn natürlich auch. In dem Wagen roch es nach Thymian und Patschuli, eine Kette mit Fatimas Auge hing am Rückspiegel. Die lang gestreckten Häuser der alten Garnisonsstadt waren gelb und rosa gestrichen, alles hier sah ordentlich und aufgeräumt aus. Der Fahrer fragte Leinen, woher er komme, und sagte dann, seine Tochter studiere in Berlin. Das sei auch eine tolle Stadt, so wie Ludwigsburg, nur größer. Sie fuhren an Rathaus und Schloss vorbei und hielten vor einem zurückgesetzten Gebäude. Leinen stieg aus und ging über den kleinen Platz. Links lag das Torhaus, ein alter Eingang zur Stadt. Später lebten hier Totengräber, und ein paar Jahre lang war es eine Erziehungsanstalt für verwahrloste Kinder. Das hohe Gebäude, dessen schmale Seite zur Straße wies, wurde früher von den Einheimischen »Blockhaus« genannt. Lange war es ein Gefängnis gewesen, die Mauern standen immer noch. Erst im Jahr 2000 war hier die Behörde eingezogen, zu der Leinen wollte.

Leinen musste seinen Namen ein paarmal in die Gegensprechanlage brüllen, sie hatte einen Wackelkontakt. Ein automatischer Summer öffnete das rostige Tor in der Mauer. Leinen überquerte den Innenhof bis zu einer Eisentür. Sie stand offen. Hier sah es aus, wie es immer in Behörden aussieht: PVC-Boden, Neonleuchten, Raufasertapete, Türklinken aus Aluminium. Vor der Wachtmeisterei am Eingang standen leere Getränkekisten, die Beamten in ihren blauen Uniformen waren freundlich und gelangweilt. Alles war abgenutzt, ein wenig schäbig, aber niemand interessierte sich dafür, niemand würde hier renovieren. Ein höflicher, schlaksiger Mann empfing Leinen, brachte ihn in den Lesesaal im ersten Stock und erklärte die Abläufe. Leinen hatte sich telefonisch angemeldet. Er hatte kaum einen Anhaltspunkt, nur einen Namen und ein Land. Er hatte geglaubt, dass es aussichtslos sei, aber die Mitarbeiter der Bundesbehörde hatten in den anderthalb Millionen Karteikarten gefunden, was er suchte. Die bestellten Unterlagen lagen auf dem hellen Tisch, vierzehn blaugraue Aktendeckel, ordentlich beschriftet und gestapelt. Eine alte Frau einen Platz weiter konnte kaum mehr etwas sehen, sie hielt ein Blatt direkt vor ihre Augen und zog es von rechts nach links vorbei, um es zu entziffern. Sie schüttelte immer wieder den Kopf, manchmal seufzte sie.

Nachdem der höfliche Mann gegangen war, nahm Leinen im Stehen die erste Akte in die Hand. Er zögerte, sie zu öffnen. Vom Fenster aus konnte er die Bushaltestelle sehen. Ein Schüler alberte dort mit seiner Freundin herum, sie lachten, schubsten sich und küssten sich wieder. Endlich zog Leinen sein Jackett aus und hängte es über den Stuhl. Dann setzte er sich und entnahm der Akte einen Stoß vergilbter dünner Papiere.

Am Abend mietete er ein Zimmer in einer billigen Pension am Bahnhof. Nachts hörte er den endlosen Güterzügen zu, die Ampel vor dem Fenster tauchte das Zimmer abwechselnd in rotes, gelbes und grünes Licht. Er blieb fünf Tage in Ludwigsburg. Jeden Morgen um acht Uhr ging er die kurze Strecke. Er kaufte sich einen Reiseführer und verstand, dass die Geschichte der Stadt die Geschichte der Kriege war. 1812 kam von hier das württembergische Heer für Napoleon, fast sechzehntausend Männer, beinahe alle starben in Russland. Im Ersten Weltkrieg fielen 128 Offiziere und 4160 Mannschaften des »Regiments Alt-Wuerttemberg« – »auf dem Feld der Ehre« stand in Stein geschlagen auf einem Kriegsdenkmal. 1940 wurde »Jud Süß« in dieser Stadt gedreht, weil Joseph Süß Oppenheimer hier gewohnt hatte.

Leinen saß in dem Lesesaal, die Akten auf seinem Platz wurden jeden Tag höher, seine Aufzeichnungen füllten Seite um Seite, Notizblock um Notizblock. Er forderte so viele Kopien an, dass die Mitarbeiter zu stöhnen begannen. Leinen arbeitete immer bis zum Abend, er wollte keine Pausen, seine Augen röteten sich. Anfangs waren ihm die Akten fremd, er verstand kaum, was er las. Aber allmählich veränderte sich alles. In dem großen kahlen Raum begann das Papier zu leben, alles griff nach ihm, und nachts träumte er von den Akten. Als er nach Berlin zurückfuhr, hatte er zwei Kilo abgenommen. Er trug Kartons voller Fotokopien in seine Kanzlei, ging in seine Wohnung, zog die Vorhänge zu und lag das ganze Wochenende im Bett. Am Montag besuchte er Collini in der Untersuchungshaft. Und als Leinen sieben Stunden später das Gefängnis wieder verließ, wusste er, was er tun musste.

13

Am letzten Tag vor der Fortsetzung des Prozesses feierte Mattinger seinen fünfundsechzigsten Geburtstag. Leinen kam spät, er hatte bis zuletzt in der Kanzlei den nächsten Verhandlungstag vorbereitet. Er musste seinen alten Wagen weit weg parken. Er ging an der langen Schlange teurer Autos vorbei bis zum Tor von Mattingers Grundstück, zeigte einem Sicherheitsmann seine Einladung und betrat den Hof.

Mattinger hatte über achthundert Gäste eingeladen. Auf dem Rasen vor der Seeseite des Hauses war ein großes Zelt aufgebaut, eine Band spielte Jazz, unzählige Windlichter in farbigen Gläsern standen auf den beiden Terrassen, im Gras und auf dem Bootssteg. Mattinger hatte ein großes Boot gemietet, das ab und zu anlegte, um Gäste über den See zu fahren.

Leinen erkannte einige Schauspieler, eine Fernsehmoderatorin, Fußballspieler, einen bekannten Friseur und den Vorstandsvorsitzenden einer Bank, der zwei Tage zuvor aus der Untersuchungshaft entlassen worden war. Er nahm sich etwas vom Buffet, er hatte seit zwei Tagen praktisch nichts gegessen. Die Band spielte gut, Leinen hatte eine CD der Sängerin. Eine Zeit lang hörte er zu. Als die Musik eine Pause machte, suchte er Mattinger, fand ihn nicht und ging hinaus auf den Steg. Breite Korbbänke mit weißen Kissen standen dort auf der Anlegeplattform, die Windlichte zeigten schwach die Umrisse. Er war allein. Über dem Wannsee lag Nebel. Es war zu kühl für die Jahreszeit. Ein paar Boote trieben langsam auf dem Wasser. Mattingers Haus am Hang oben war hell erleuchtet, es spiegelte sich im See. Leinen klappte den Kragen des Smokings hoch. Aus der Tasche holte er das silberne Etui seines Vaters und zündete sich eine Zigarette an. Das Wasser schwappte gegen die Holzpfähle.

»Guten Abend, Herr Leinen. Mattinger sagte, wenn Sie da wären, seien Sie wahrscheinlich hier. Er kennt Sie offenbar schon ganz gut.«

Leinen drehte im Sitzen den Kopf. Es war Baumann, der Justiziar der Meyer-Werke. Er hatte ein Glas in der Hand und trug ein Frackhemd mit Stehkragen. Sein Kopf war selbst in der Dunkelheit noch rot. Leinen stand auf und gab ihm die Hand. Baumann setzte sich auf eine andere Bank neben ihn.

»Mattinger hat ein schönes Haus«, sagte Baumann. »Ich bin gespannt auf das Seefeuerwerk.«

»Wahrscheinlich zu viel Nebel, um es gut zu sehen«, sagte Leinen.

»Ja, vielleicht. Wie läuft der Prozess?«

»Danke«, sagte Leinen. Er wollte nicht darüber sprechen. Er sah wieder raus auf den schwarzen See.

»Ich möchte Ihnen einen Vorschlag machen«, sagte Baumann.

»Einen Vorschlag?«

»Es ist so: Mir ist es gleichgültig, welche Strafe Ihr Mandant bekommt. Völlig gleichgültig sogar.« Baumann schlug die Beine übereinander.

»Sicher die richtige Haltung.« Leinen mochte das Gespräch nicht.

»Ich sag es ganz offen, Herr Leinen: Wir wissen, dass Sie in Ludwigsburg waren.«

Leinen schaute Baumann an.

»Legen Sie das Mandat nieder. Es ist das Beste für Sie«, sagte Baumann.

Leinen schwieg. Er wartete ab.

»Wissen Sie, ich war auch mal Anwalt. Ich weiß, wie verbissen man arbeitet, wie ehrgeizig man ist. Man setzt alles an so einen Fall, man glaubt, es sei das Wichtigste überhaupt. Wenn Sie irgendein junger

Anwalt wären, wäre es mir egal. Aber Sie gehören ja irgendwie doch zur Familie Meyer, Sie haben eine Zukunft vor sich und ...«

»Und?«

»... Sie können ohne Weiteres raus aus dem Verfahren. Die Meyer-Werke bezahlen einen Wahlverteidiger, wir haben schon jemanden, der das machen würde. Damit wären Sie automatisch entpflichtet und dieses Mandat los.« Baumanns Stimme hatte sich nicht verändert, er klang immer noch freundlich. Das große Boot war jetzt so nah, dass man die Menschen durch den Nebel hörte. Eine Frau schrie hell, dann lachte sie. Die Positionslampen beleuchteten den Steg, sie spiegelten sich in Baumanns Brille.

Baumann lehnte sich vor und legte seine Hand auf Leinens Arm. Er sprach mit ihm jetzt fast wie mit einem Kind. »Verstehen Sie nicht, Herr Leinen? Ich mag Sie, Sie stehen ganz am Anfang, Sie haben eine Karriere vor sich. Versauen Sie sich jetzt nicht alles.«

»Bitte, Herr Baumann, genießen Sie das Fest. Es ist nicht der richtige Ort.«

Baumanns Stimme hörte sich gepresst an, es klang, als spräche er unter großer Anstrengung. »Hören Sie, wir wissen nicht, was Sie in Ludwigsburg ausgegraben haben ... wir wollen es auch gar nicht wissen.

Aber wir sind darauf angewiesen, dass der Prozess schnell beendet wird. Jeder Tag in der Öffentlichkeit schadet dem Unternehmen.«

»Ich kann es nicht ändern.«

»Doch, das können Sie.« Baumann atmete laut. »Stellen Sie keine Anträge. Lassen Sie das Verfahren einfach zu Ende gehen. Lautlos, verstehen Sie?«

»Warum sollte ich das tun?«

»Wir würden mit dem Gericht reden und erklären, dass wir mit einer milden Strafe einverstanden sind.«

»Ich glaube nicht, dass das eine Rolle spielt.«

»Wir würden darüber hinaus für das Entgegenkommen Ihres Mandanten eine Entschädigung bezahlen.«

»Sie würden was …?«

»Wir würden bezahlen. Eine hohe Summe, damit der Prozess zu Ende geht.«

Leinen brauchte einen Moment. Sein Mund wurde trocken. Sie hatten beschlossen, die Vergangenheit eines Menschen zu kaufen.

»Sie wollen eine Entschädigung zahlen, damit ich darauf verzichte, Collini ordentlich zu verteidigen? Meinen Sie das wirklich ernst?«

»Es ist der Vorschlag des Vorstandes«, sagte Baumann.

»Weiß Johanna Meyer davon?«

»Nein, es ist eine Sache zwischen der Firma und Ihnen.«

Das alles konnte nur heißen, dass sie Angst hatten, dachte Leinen. Er hatte alles richtig gemacht. Aber es befriedigte ihn nicht, das zu wissen.

»Kommen Sie schon ...« Baumanns rotes Gesicht wurde kurz von einem kleinen Bootsscheinwerfer angeleuchtet. »... Sehen Sie sich doch an: Sie haben ein Büro im Hinterhaus, Ihr Wagen ist fünfzehn Jahre alt, und Sie ärgern sich mit Kleindealern und Wirtshausschlägereien herum. Eine befreundete Bank hat gerade ein Problem in Düsseldorf, es wird wohl der größte Insider-Prozess der Nachkriegszeit. Wenn Sie wollen, können Sie einen der Angeklagten vertreten. Sie würden gut verdienen: Der Tagessatz beträgt 2.500 Euro plus Nebenkosten. Die Hauptverhandlung wird ein Jahr laufen, mindestens hundert Tage. Wir werden Ihnen helfen, wenn Sie das wollen. Wir können Ihnen auch andere Mandate anbieten. Denken Sie nach, Herr Leinen. Das, was Sie jetzt tun, wird den Rest Ihres Lebens bestimmen ...«

Baumann sprach weiter, aber Leinen hörte ihm nicht mehr zu. Der Nebel wurde dichter, Wind kam auf. Über sich hörte er den Ruf einer Stockente im Flug, er konnte sie nicht sehen. Er unterbrach Baumann: »Ich werde Ihr Angebot nicht annehmen.«

»Was?« Baumann spielte nicht, er war wirklich erstaunt.

»Sie haben nichts verstanden«, sagte Leinen leise und stand auf. »Auf Wiedersehen.« Er ging über den Bootssteg zurück zum Zelt. Er hörte Baumann hinter ihm herrufen. Das große Boot auf dem See wendete, die Lampen beleuchteten das Ufer. Ein paar Gäste standen in Smoking und Abendkleidern vor dem Zelt und prosteten den Menschen auf dem Boot zu. Es roch nach Diesel und Fäulnis.

Leinen ging am Zelt vorbei die Stufen hoch zum Haus. Mattinger stand in einem hell erleuchteten Zimmer, den Arm hatte er um seine Freundin gelegt. Sie zeigte auf irgendetwas auf dem See, Mattinger sah in eine andere Richtung. Leinen überlegte, ob er sich noch verabschieden sollte, aber es waren ihm zu viele Menschen dort oben. Er ging zu seinem Wagen. Als er ihn aufschloss, wurde das Feuerwerk gezündet. Er setzte sich auf die Motorhaube, rauchte und sah noch eine Zeit lang zu.

Zu Hause in seiner Wohnung war es stickig. Er öffnete die Fenster, zog sich aus und legte sich auf das Bett. »Ein Verteidiger verteidigt, nicht mehr und nicht weniger«, hatte Mattinger gesagt. Der Satz sollte helfen, aber er half nicht. Dann dachte er an Johanna und daran, dass erst morgen der Prozess gegen Fabrizio Collini wirklich beginnen würde.

14

Es war der siebte Prozesstag. Die Vorsitzende ließ die Sache aufrufen, stellte für das Protokoll fest, dass alle anwesend waren, und sagte, sie freue sich, dass die Schöffin wieder gesund sei.

»Für alle Beteiligten teile ich folgenden Vermerk mit«, sagte sie. »Der Verteidiger hat mich gestern informiert, dass eine Einlassung seines Mandanten erfolgen werde, und da wir heute kein anderes Programm vorgesehen haben, würde ich die Erklärung gerne hören.« Sie wandte sich an Leinen. »Bleibt es dabei?«

»Ja, Frau Vorsitzende.«

»Gut, Herr Verteidiger, dann bitte.« Die Vorsitzende lehnte sich zurück.

Leinen trank einen Schluck Wasser. Er sah zu Johanna. Gestern hatte er ihr am Telefon gesagt, es würde heute schrecklich werden, aber es gehe nicht anders. Leinen stand ruhig und aufrecht vor dem Stehpult an seinem Platz. Er begann zu lesen, langsam, weich, er sprach fast ohne Betonung. Jeder im Saal spürte die Konzentration des jungen Anwalts in seinem ersten großen Prozess. Außer seiner Stimme hörte man im Saal nur das Umblättern der Seiten. Selten sah er hoch, dann blickte er die Richter an, jeden Einzelnen. Leinen berichtete in der spröden Sprache des Gerichts, er sagte nur das, was er von Collini gehört und was er in den Akten in Ludwigsburg gefunden hatte. Aber während er die Erklärung vorlas, während er Satz um Satz das Grauen vortrug, veränderte sich der Saal. Menschen, Landschaften und Städte erschienen, die Sätze wurden zu Bildern, sie wurden lebendig, und viel später sagte einer der Zuhörer, er habe die Felder und Wiesen der Kindheit Collinis riechen können. Aber mit Caspar Leinen geschah noch etwas anderes: Jahrelang hatte er seinen Professoren zugehört, er hatte Gesetze und ihre Auslegung gelernt, er hatte versucht, den Strafprozess zu begreifen – aber erst heute, erst bei seinem eigenen Antrag, begriff er, dass es in Wirklichkeit um etwas ganz anderes ging: den geschundenen Menschen.

»Ite, missa est – gehet hin in Frieden.« Die Stimme des Priesters war rau und freundlich.

»Deo gratias – Dank sei Gott, dem Herrn«, antworteten die elf Kinder im Chor. Sie blieben einen Moment an ihrem Platz stehen, sie trauten sich noch nicht loszulaufen. Natürlich waren die zwei Stunden Kommunionsunterricht am Sonntag nach der Kirche immer eine Qual. Der Alte konnte zwar gut erzählen, manche Geschichten waren gar nicht schlecht, aber er war streng, und Fabrizio hatte schon einige Male den Rohrstock gespürt. Endlich öffnete der Alte die Tür, lachte und sagte: »Na los, verschwindet.« Die Kinder rannten über den Flur des Schulhauses, raus in den kalten Novembertag. Fabrizio stieg auf sein Fahrrad. »Bis morgen«, schrie er den anderen zu und fuhr los. Er hatte siebzehn Kilometer bis zum Hof seiner Eltern vor sich. Zu Hause würde er sofort diesen idiotischen Anzug aus- und seine Räubersachen anziehen, vielleicht wäre dann noch Zeit, um zur alten Mühle zu fahren und sich mit den anderen zu treffen.

Fabrizio Collini war an diesem 14. November 1943 neun Jahre alt. Er war Herrscher über eine Kuh, vier Schweine, elf Hühner und zwei Katzen auf dem Hof seiner Eltern, er war der bedeutendste aller Feldherren, Radrennmeister und Zirkusartist. Er hatte schon ein abgestürztes Flugzeug und zwei tote Soldaten gesehen, er besaß ein Fernglas, ein Fahrrad und ein Taschenmesser mit Hirschhorngriff. Außerdem hatte er eine sechs Jahre ältere Schwester, die er meistens nicht ausstehen konnte. Und jetzt war er vor allem hungrig.

Fabrizio nahm die Abkürzung über den Feldweg. Zwischen dem Dorf Corria und dem kleinen Hof seines Vaters lag ein Hügel, Ausflugsziel der Liebespaare am Wochenende. Von dort aus hatte man einen guten Überblick über die Gegend, es war noch immer ruhig. Die Alliierten waren vor vier Monaten in Sizilien gelandet, Benito Mussolini war gestürzt und gefangen genommen worden. Der König beauftragte Marschall Pietro Badoglio, eine Militärregierung zu bilden, und kurze Zeit später wurde zwischen den Alliierten und der neuen italienischen Regierung ein Waffenstillstand geschlossen. Auf Befehl Adolf Hitlers wurde Mussolini am 12. September 1943 von deutschen Fallschirmjägern aus einem Gebirgshotel befreit, zwei Wochen später wurde er als Regierungschef der neu gegründeten »Italienischen Sozialrepublik«, der »Repubblica Sociale Italiana« eingesetzt, eine faschistische Regierung unter dem Protektorat des Deutschen Reiches. Fabrizio wusste von alldem nur wenig. Natürlich war ihm klar, dass Krieg war, die beiden Brüder seines Vaters waren auf dem Feldzug Italiens gegen Griechenland vor drei Jahren gefallen, aber er erinnerte sich kaum an sie. Sein Vater hatte damals geweint. Der Krieg sei Wahnsinn. Fabrizio erinnerte sich an das Wort: »Follia« – Wahnsinn –, er wusste nicht, was es bedeutete, aber der Vater hatte es immer wieder gesagt und Fabrizio wurde klar, dass es etwas Schreckliches war. Jetzt waren die Deutschen in ihren Uniformen überall. Manchmal kamen Verwandte aus Genua ins Dorf, sie erzählten, dass die Deutschen aus den Fabriken alles abtransportierten, was sie brauchten. Die Männer bekamen düstere Gesichter, es wurde von Partisanen und Anschlägen geflüstert, und obwohl man alles vor den Kindern zu verbergen suchte, hießen deren Spiele nicht mehr »Räuber und Gendarm«, sondern »Partisan und Deutscher«. Manchmal zog der Vater abends den grauen Mantel an und setzte eine Baskenmütze auf, küsste seine beiden Kinder auf die Stirn und verließ den Hof. Fabrizio hörte die Schwester in diesen Nächten weinen, und wenn er nach ihr rief, kam sie ins Zimmer und flüsterte, Vater sei ein Partisan. Die Mutter war bei Fabrizios Geburt gestorben.

Als Fabrizio das Plateau des Hügels erreichte, blieb er wie immer kurz stehen. Er konnte den Hof des Vaters sehen, das Wohnhaus und die kleine Scheune. Er raste den Hügel runter. Als er die Pflastersteine des Hofes erreichte, stand seine Schwester im Türrahmen des Hauseingangs. Sie trug noch das schwarze Kleid vom Kirchgang, und sie weinte. Fabrizio sprang vom Fahrrad, es fiel zur Seite. Er rannte zu ihr. Sie presste ihn an sich und sagte immer wieder: »Sie haben Vater mitgenommen. Die Deutschen haben Vater mitgenommen.« Fabrizio begann auch zu weinen. Die Kinder blieben lange so stehen, Fabrizio hatte Fragen, aber die Schwester sprach nicht mit ihm.

Irgendwann lösten sie sich voneinander und gingen in die Küche, mechanisch stellte sich die Schwester an den Herd, schlug zwei Eier in die Pfanne und schnitt Brot auf. Fabrizio aß, sie selbst rührte ihren Teller nicht an. »Wenn du fertig bist, gehen wir zu Onkel Mauro. Er weiß sicher, was zu tun ist«, sagte sie. Mauro war der ältere Bruder ihrer Mutter, ein harter Mann ohne Kinder und der einzige Verwandte. Sein Hof lag fast zehn Kilometer entfernt. Die Schwester strich Fabrizio über den Kopf und sah aus dem Fenster. Plötzlich sprang sie auf und schrie: »Lauf, Fabrizio, sie kommen wieder.« Fabrizio hörte den hämmernden Motor, durch das Fenster konnte er das deutsche Militärfahrzeug sehen, ein Kübelwagen mit heruntergeklappter Frontscheibe und Ersatzreifen auf der Motorhaube. Nur ein Soldat saß am Steuer. »Lauf, los, lauf endlich«, schrie die Schwester. Fabrizio erschrak über ihre Angst. Er rannte über

den Hof und versteckte sich in der großen Hundehütte, die seit Jahren leer stand. Er rollte sich in eine
schmutzige Decke, die hart war und voller Löcher.
Durch einen Spalt zwischen den Brettern sah er die
Reifen des Wagens, die Stiefel, sie blieben kurz stehen,
drehten und gingen in Richtung Haus. Nach einer
Weile hörte er die Schwester schreien. Er konnte
nicht anders. Er kroch aus der Hütte, rannte zurück
zum offenen Hauseingang und stieß die Tür zur Küche auf.

Die Schwester lag mit dem Rücken auf dem breiten Küchentisch, ihr Kopf zeigte zur Tür. Ihr Kleid
war aufgerissen, das weiße Unterhemd quoll über
den groben Stoff. Der Mann stand zwischen ihren
Beinen, seine Hose hatte er heruntergelassen, Hemd
und Jacke waren zugeknöpft. Fabrizio kannte die Ab-
zeichen, ein einfacher Soldat ohne Rang. Auf der
Stirn eine riesige gezackte Narbe. Seine Pistole hatte
er auf die Brust der Schwester gesetzt, den Hahn gespannt, sein Finger am Abzug. Sie blutete aus einer
Platzwunde auf der Stirn, am Griff der Pistole klebten Haare. Das Gesicht des Mannes war rot, er
keuchte und schwitzte.

Fabrizio schrie. Er schrie laut, lauter als jedes andere Geräusch auf dem Hof, ein einziger hoher Ton,
und während er schrie, passierte alles gleichzeitig.
Der Soldat erschrak und wich zurück. Das Mädchen

trug eine goldene Kette mit einem Marienbild aus Emaille, ihre Mutter hatte sie ihr geschenkt. Das Korn der Pistole verhakte sich, die Kette spannte sich um den Hals des Mädchens und hielt die Waffe fest. Der Mann riss die Pistole zu sich, der Widerstand übertrug sich auf den Abzug. Ein Schuss löste sich. Das Projektil durchschlug den Hals des Mädchens, zerriss die Schlagader und blieb im Küchentisch stecken. Sie fasste an ihren Hals, zwischen ihren Händen quoll Blut. Der Soldat stolperte nach hinten, rutschte aus und fiel auf den Boden. Fabrizio schrie noch immer. Die Bilder konnte er nicht ordnen: der blass-blaue Rauch des Schusses, der erigierte Penis, das Blut auf dem Küchentisch. Alles blieb stehen, die Welt bewegte sich nicht mehr. Dann sah er die braune Tabakdose seines Vaters. Sie stand auf dem Küchenregal, wie sie dort immer gestanden hatte. Jeden Abend hatte der Vater nach dem Essen zwei Zigaretten gedreht, und während er sie rauchte, hatte er mit den Kindern gesprochen. Fabrizio konnte die beiden Indianer auf dem lackierten Holzdeckel erkennen, sie saßen am Lagerfeuer, friedlich und ewig. Er hörte auf zu schreien. Der Soldat saß auf dem Boden, die Pistole lag in seinem Schoß. Er starrte Fabrizio an. Die Augen des Soldaten waren wie Wasser, hellblau, fast farblos. Fabrizio hatte solche Augen noch nie gesehen, er konnte sich nicht von ihnen lösen. Er stand einfach da und sah in die Wasseraugen des Mannes. Erst als der Mann sich bewegte, konnte auch er sich bewegen und endlich begriff er, dass er um sein Leben laufen musste.

Fabrizio rannte aus der Küche über den Hof, er rutschte auf den nassen Pflastersteinen aus, schlug sich das rechte Knie auf. Vater würde wegen der zerrissenen Sonntagshose schimpfen. Zwischen Hundehütte und Weiher in den Pinienwald, dann die schmale Brücke und immer weiter den Waldweg entlang bis raus zur freien Ebene. Er wusste nicht, wie lange er gerannt war, endlos hätte er weiterlaufen können, als er den Hof des Onkels sah. Das Haus war ganz anders als das seines Vaters, groß und lang gestreckt stand es auf einer Erhebung, eine Pinienallee führte zu ihm. Die Haustür war unverschlossen. Fabrizio rannte seine Tante Giulia im Eingang fast um. Er stammelte außer Atem, bis der Onkel und die zwei Knechte kamen, dann redete er ruhiger, und schließlich verstand der Onkel. Er nahm die Schrotflinte aus dem Schrank und fuhr mit dem Wagen vom Hof.

Als der Onkel zurückkam, war es Nacht. Er setzte sich auf die Stufen vor der Tür und starrte in die Dunkelheit, es war kalt geworden. Fabrizio ging zu ihm. Der Onkel öffnete den Schafwollmantel, Fabrizio setzte sich neben ihn auf das Innenfutter. Der

Onkel legte den Arm um ihn, er roch nach Rauch, Gesicht und Hände waren verrußt. Im gelben Licht des Küchenfensters sah Fabrizio nasse Furchen auf den schwarzen Wangen des Onkels.

»Fabrizio, mein Junge.«

»Ja, Onkel«, sagte er.

»Euer Hof ist abgebrannt, deine Schwester ist tot.«

»Ist sie verbrannt?«

»Ja.«

»Ganz?«

»Ja. Ganz.«

»Hast du sie gesehen?«

Onkel Mauro nickte.

»Und die Tiere, sind die Tiere auch verbrannt?«

»Die Kuh, ja. Bei den anderen weiß ich es nicht«, sagte der Onkel. »Vielleicht sind sie jetzt im Wald.«

Fabrizio dachte über die Tiere im Wald nach. Sie würden sicher frieren und hatten Hunger. Besonders die Schweine hatten immer Hunger.

»Sie können ja Freundschaft mit den Wildschweinen machen«, sagte Fabrizio. Er sah sich die raue Hand des Onkels vor seinem Gesicht an. Sie war anders als die des Vaters, größer, haariger, dunkler. Und sie roch anders.

»Deine Schwester hat dir gesagt, dass die Soldaten deinen Vater mitgenommen haben?«

»Ja, sie hat gesagt, es waren die Deutschen.«

»Hat sie gesagt, wohin?«

»Nein«, sagte Fabrizio.

»Morgen früh fahre ich nach Genua«, sagte der Onkel.

»Aber warum haben sie ihn denn mitgenommen? Hat er was gemacht?«

»Nein«, sagte der Onkel. »Er hat das Richtige getan.« Fabrizio spürte, wie sich die Muskeln des Onkels spannten.

»Holst du ihn ab?«, fragte er nach einer Weile.

»Wir werden sehen, was sie sagen.« Er drückte Fabrizio fester an sich. »Du wirst ab jetzt bei uns wohnen.«

»Und die Schule? Muss ich morgen in die Schule?«

»Nein«, sagte der Onkel. »Morgen nicht.«

»Kommen die Tiere auch in den Himmel?«

»Ich weiß nicht, Junge. Tiere sind nicht gut oder böse.«

Sie blieben sitzen, der Onkel zog den Mantel über Fabrizios Kopf, die Schafwolle war warm, aber sie kratzte an seinem Hals.

Am nächsten Tag fuhr Onkel Mauro nach Genua. Er hatte seinen besten Anzug angezogen, Tante Giulia hatte vier Stiegen Eier für die Verwandten eingepackt. Fabrizio und Tante Giulia standen auf den Stufen und winkten ihm, als er wegfuhr. In den nächsten

Tagen kümmerte sich der ältere Knecht um den Hof, der jüngere ging zur Ortspolizei und erstattete Anzeige. Die Hühner kehrten am nächsten Tag zu den verbrannten Mauern zurück, eines der Schweine fand der Knecht des Onkels im Wald. Fabrizio bekam Besuch von dem alten Priester, er brachte Schokolade mit und schenkte ihm einen Rosenkranz mit einem kleinen silbernen Kreuz.

Mauro blieb vier Tage in der Stadt. Als er zurückkam, sah er müde aus, seine Schuhe drückten, der Anzug hing schief auf den Schultern und war fleckig geworden. Alle saßen um den Esstisch, als er den Zettel glatt strich. Er sagte, er habe Fabrizios Vater nicht sehen dürfen, aber er wisse jetzt, wo er sei. Der Zettel sah amtlich aus, dünnes Papier, zwei Stempel, einer links oben, einer rechts unten, Hakenkreuze. »Sicherheitsdienst« stand dort. Onkel Mauro sagte, die Partisanen seien besondere Gefangene der SS. Er las den Namen des Vaters vor, langsam, der Schrift folgte er mit den Fingern. Nach jedem Satz sprachen alle durcheinander und versuchten den Sinn zu verstehen. Dann stand dort noch der Name des Gefängnisses, es lag im Stadtteil Marassi in Genua. Die beiden Knechte nickten sich zu und zogen die Köpfe zwischen die Schultern. Und schließlich las der Onkel, die Gefangennahme des Vaters sei auf Anordnung des Außenkommandos der Sicherheitsdienste in Mailand erfolgt. Er las den Namen des Mannes vor, dem die Gefangenen jetzt unterstellt waren, ein Deutscher, Onkel Mauro bemühte sich, den deutschen Namen richtig auszusprechen. Auf dem Zettel stand: »SS-Sturmbannführer Hans Meyer«.

15

»SS-Sturmbannführer Hans Meyer«, sagte Leinen. Einige Zuschauer im Saal 500 atmeten laut aus, auf der Pressebank wurde es unruhig, ein paar Reporter standen auf, um ihre Redaktionen anzurufen.

»Hans Meyer«, sagte Leinen noch einmal, leiser, es schien, als spreche er zu sich selbst. Er wandte sich an die Vorsitzende.

»Frau Vorsitzende, wenn es Ihnen recht ist, würde ich gerne erst am nächsten Tag die Einlassung fortsetzen. Mein Mandant ist mitgenommen und ... auch ich bin, ehrlich gesagt, etwas erschöpft.«

Leinen wusste, dass die Vorsitzende Richterin ärgerlich war. Monate hatte die Vorbereitung zu diesem Prozess gedauert, und jetzt würde es unmöglich sein, den Prozess in den restlichen drei Tagen zu erledigen. Natürlich war es das Recht der Verteidigung so zu handeln – aber Leinen war froh, dass die Vorsitzende sich nichts anmerken ließ. Sie wollte die Schöffen nicht gegen den Angeklagten einnehmen.

»Gut, Herr Verteidiger, es ist auch Mittagszeit. Dürfen wir denn erfahren, wie lange die Einlassung Ihres Mandanten noch dauern wird?«

Leinen hörte natürlich die Kritik, aber sie war ihm gleichgültig. »Ich werde sicher noch ein oder zwei Verhandlungstage brauchen«, sagte er. Er wusste, dass sein nächster Satz morgen in den Zeitungen stehen würde. Er hatte fast spüren können, wie sich die Stimmung im Saal drehte: Fabrizio Collini war nicht mehr der wahnsinnige Mörder, der einen führenden Industriellen ohne jedes Motiv erschossen hatte. »Es wird noch einige Überraschungen geben, Frau Vorsitzende. Ich habe alles vorbereitet.«

Im Zuschauerraum wurde es wieder lauter.

»Dann unterbrechen wir für heute. Fortsetzung der Verhandlung am nächsten Donnerstag neun Uhr in diesem Saal. Die Prozessbeteiligten sind bereits geladen. Auf Wiedersehen.« Die Richter und Schöffen standen auf und verließen den Saal durch eine Tür hinter der Richterbank. Oberstaatsanwalt Reimers schob etwas zu laut seinen Stuhl zurück und ging zur Saaltür, er grüßte niemanden. Die Wachtmeister öffneten die Zuschauertür und forderten alle auf, den Saal zu verlassen. Es dauerte fast zehn Minuten, bis der Letzte draußen war.

Johanna saß noch immer starr auf der gegenüberliegenden Bank der Nebenkläger. Sie war bleich, ihre Lippen hatten keine Farbe mehr. Sie sah Leinen an, als hätte sie ihn noch nie gesehen. Er stand auf und ging zu ihr.

»Bring mich bitte hier weg.« Sie flüsterte, obwohl niemand sie hören konnte.

Vor dem Saal warteten die Journalisten. Ein Wachtmeister half ihnen, er öffnete eine kleine Tür und ließ sie durch, die Reporter konnten nicht folgen. Leinen wollte nicht durch das Hauptportal, er führte Johanna über lange Gänge zum Parkhaus. Der alte Mercedes sprang nicht sofort an.

»Wohin möchtest du?«, fragte er.

»Ist mir egal, nur weg.«

Er fuhr durch die Stadt zum Schlachtensee. Sie saß neben ihm und weinte, und er konnte nichts tun. Er parkte den Wagen auf einem Feldweg, sie gingen ein kurzes Stück durch den Wald.

»Warum hast du nichts gesagt?«, fragte sie.

»Ich wollte dich schützen. Du hättest es Mattinger sagen müssen.«

Sie blieb stehen und hielt ihn am Arm fest. »Glaubst du wirklich, dass das alles stimmt?«

Er wartete eine Weile. »Wollen wir zum See gehen?«, sagte er. Er dachte nach. »Ja, es stimmt«, sagte er schließlich. Er hätte gerne etwas anderes gesagt.

»Warum hast du alles zerstört?«, fragte sie. »Dein Beruf ist so grauenhaft.«

Er antwortete nicht. Er dachte an Hans Meyer. Fast spürte er, wie der alte Mann ihm über den Kopf strich. Als Kinder waren sie mit ihm angeln gewesen, die Forellen hatten sie über dem Feuer gebraten und nur mit Salz und Butter gegessen. Philipp und er lagen im Gras, Meyer saß auf einem Baumstamm, hochgekrempelte Hosen und Gummistiefel. Er erinnerte sich an das dunkle Grün der Bäume und das dunklere Grün des Bachs, in dem sie die Fische fingen. Die Zigarren des alten Mannes, der warme Rauch und die Hitze des Sommers. Das alles stimmte nicht mehr. Es würde nie wieder stimmen.

Leinen ging runter zum Ufer. Er schleuderte einen Stein flach über den See, dreimal schlug er auf, dann versank er.

»Dein Großvater hat mir das beigebracht«, sagte er und warf noch einen Stein. Als er sich umdrehte, war Johanna verschwunden.

16

Am nächsten Verhandlungstag waren die Presse-
und Zuschauerbänke bis auf den letzten Platz ge-
füllt. Die Vorsitzende begrüßte kurz die Verfahrens-
beteiligten. Dann nickte sie in Leinens Richtung und
sagte: »Bitte.«

Leinen stand auf. Seit einer Woche hatte er die
Tage im Gefängnis und die Nächte am Schreibtisch
verbracht. Er war froh, dass es jetzt so weit war, er
konnte nicht mehr. Im Taxi zum Gericht war er ein-
geschlafen, der Fahrer hatte ihn wecken müssen. Er
legte den Text auf das Stehpult. Als er zu lesen begann, wusste er, dass er heute seine Kindheit zer-
stören würde und dass Johanna nicht mehr zurück-
käme. Und dass all das keine Rolle spielte.

Am 16. Mai 1944 um 22:18 Uhr waren alle vierzehn Tische des Café Trento in der engen Via di Ravecca in Genua besetzt. Wie jeden Abend waren nur deutsche Soldaten im Café, fast alle waren Angehörige der Marine. Die Männer hatten die Jacken ihrer Uniformen geöffnet, sie spielten Karten, einige waren bereits betrunken. Der Mann, der die Tasche neben sich an die Theke lehnte, trug die Uniform eines Gefreiten. Er sprach mit niemandem, bestellte ein kleines Bier und trank es im Stehen aus. Mit dem Fuß schob er die Tasche halb unter den Tresen, sie war nicht schwer, kaum ein Kilogramm. Vor der Tür hatte er mit einer Zange die Ampulle am Ende des Messingröhrchens zerdrückt. Während er trank, begann in der Tasche die Kupferchloridlösung langsam den Eisendraht zu zersetzen. Er würde mindestens eine Viertelstunde Zeit haben. Sie hatten ihm den englischen Zünder immer wieder erklärt: Sobald der Draht aufgelöst wäre, würde sich eine Feder im Inneren des Röhrchens lösen, ein Schlagbolzen würde auf ein Zündblättchen prallen und so einen Funken erzeugen. Die deutschen Zünder hatten sie nicht verwenden können, sie hatten zu kurze Laufzeiten und zischten zu laut. Der Mann stellte das leere Glas auf den Tresen, legte das Geld daneben und verschwand. Achtzehn Minuten später detonierte das Plastit W mit einer Geschwindigkeit von 8750 Metern pro Sekunde, weit heftiger als TNT. Die Druckwelle zerquetschte den Körper des Soldaten, der gerade neben der Tasche gestanden hatte und zerriss einem anderen Mann die Lunge, beide waren sofort tot. Tische und Stühle wurden durch die Luft geschleudert, Flaschen, Gläser und Aschenbecher zerbarsten. Ein Holzsplitter drang einem Unteroffizier ins linke Auge, vierzehn weitere Soldaten wurden verletzt, sie hatten Glassplitter im Gesicht, in den Armen und der Brust. Die Scheiben des Cafés platzten, die Tür wurde aus den Angeln gerissen und lag auf den Pflastersteinen.

Der Dolmetscher wachte um zwei Uhr morgens auf. Er hatte Rückenschmerzen, weil er wieder auf dem Sofa geschlafen hatte, er wollte seine Frau und die Kinder in der engen Wohnung morgens nicht wecken. Seit Wochen ging das so, seit der neue Deutsche die Dienststelle der Nazis in Genua übernommen hatte und sie wie ein Unternehmen führte. Der Neue hieß Hans Meyer. Er sollte die Streiks in dem Bezirk beenden – die Unternehmen wurden für die Kriegsproduktion gebraucht.

Der Dolmetscher blieb noch einen Moment liegen. Oft dachte er daran, dass er lieber in seinem Dorf in den Bergen über Meran geblieben wäre, wo er im Sommer vor vierzehn Jahren seine Frau im

Gasthof seiner Eltern kennengelernt hatte. Nach frischen Erdbeeren hatte sie gerochen, sie war viel eleganter als die Mädchen aus seinem Dorf, selbst dort oben hatte sie Schuhe mit hohen Absätzen getragen. Ihre Eltern hatten der Verlobung zugestimmt, er war ihr nach Genua gefolgt, und die Dinge waren lange Zeit gut gegangen. Aber als der Krieg begonnen hatte, war der Vater krank geworden, sie hatten alles verkaufen müssen, um die Rechnungen der Ärzte zu bezahlen. Er hatte auf dem Schwarzmarkt gehandelt: Lebensmittel, Zigaretten, manchmal ein wenig Schmuck. Er hätte so weiterleben können, irgendwann musste der Krieg ja zu Ende sein.

Dann hatte er Pech gehabt. Die Deutschen hatten im Hafen »Banditen« gesucht, so nannten sie die Partisanen. Er war kein Partisan, er hatte nur seine Sachen verkauft, aber er floh mit den anderen und versteckte sich in einem Lagerhaus. Eine Partisanin lag vorne am Eingang, er war einfach über sie weggestiegen. Sie blutete stark, um sie war der Boden schon schwarz. Er wartete in seinem Versteck und hörte, wie die Frau stöhnte. Irgendwann hörte er sie nicht mehr. Er ging nach vorne und sah sie an. Dann spürte er den Lauf eines Gewehrs im Rücken.

Die Deutschen nahmen ihm seine Taschen mit den Lebensmitteln und den Zigaretten ab und brachten ihn auf die Dienststelle. Als sie mitbekamen, dass er als Südtiroler Deutsch sprach, sagten sie, er müsse ins Gefängnis oder für sie dolmetschen.

Der Dolmetscher stand auf, nahm seine Sachen vom Stuhl und zog sich an. Eine halbe Stunde später verließ er die Wohnung. Er nahm das Fahrrad, um in den Stadtteil Marassi zu fahren. Der Dienststellenleiter der Abteilung V – Kriminalpolizei – hatte ihm gesagt, er solle spätestens um Viertel vor drei im Gefängnis sein. Sie hatten ihm nicht gesagt, was sie vorhatten. Sie mussten es auch nicht, er wusste es längst. Es hatte schon früher Anschläge auf deutsche Soldaten gegeben, aber die Bombe im Café Trento konnten sie nicht hinnehmen. Sie würden mit »unnachgiebigen Maßnahmen« durchgreifen. Solche Worte sagten die Deutschen immer: »unnachgiebig«.

Im Marassi-Gefängnis bekam er die Liste. Es war drei Uhr morgens. Er musste die Nummern hinter den Namen über den Flur rufen. Nur die Nummern, keine Namen, zwanzig auf der Liste. Keiner von ihnen hatte mit dem Anschlag zu tun. Dann standen die Gefangenen vor ihren Zellen, es roch nach Schlaf. Der Deutsche aus der Abteilung V stotterte, wenn er leise redete. Aber wenn er laut wurde, stotterte er nicht mehr. Der Dolmetscher musste übersetzen. Die Männer sollten sich anziehen, sie würden verlegt, ihre Sachen sollten sie dalassen, man werde sie nachschicken. Das war ein Fehler: Niemand schickte in diesen Zeiten Sachen von Gefangenen irgendwohin. Die Männer wussten sofort, dass sie heute sterben würden. Am Ende überprüfte der Deutsche die Nummern an den Türen der Zellen und strich sie von seiner Liste.

Der Hof des Gefängnisses war grell beleuchtet, die Scheinwerfer an den Wänden waren eingeschaltet. Die Gesichter der Menschen waren weiß, alles sah aus wie in einem überbelichteten Film. Ein Lastwagen stand in der Mitte, die hintere Plane war zurückgeschlagen. Die Gefangenen kletterten auf die Lade und setzten sich auf die Bänke. Vier Soldaten bewachten sie, sie hatten Maschinenpistolen. Es waren keine Mitarbeiter der Dienststelle, sie trugen die Uniformen der Marine. Keiner schrie Befehle, keiner wehrte sich. Der Dolmetscher fuhr mit dem Offizier der Marinesoldaten in einem Kübelwagen. Am Gefängnistor stieg Hans Meyer hinten ein. Der Dolmetscher saß vorne neben dem Fahrer. Er verstand nicht alles, was die Männer hinten sprachen. Hans Meyer sagte etwas von einem »Hitler-Befehl«, von »General Kesselring«, von »Vergeltung im Verhältnis 1:10 – zehn tote Banditen für einen toten Soldaten«. Er sei nach Florenz einbestellt worden, sagte Meyer, in Rom seien in der Via Rasella dreiunddreißig deutsche Sol-

daten von Banditen erschossen worden. Es ginge um
»Sühne«. Der Dolmetscher hatte davon gehört, es
war eine Polizeikompanie aus Bozen gewesen. General Kesselring hatte danach dreihundertfünfunddreißig Zivilisten in den Ardeatinischen Höhlen erschießen lassen, sie hatten nichts mit der Sache zu
tun gehabt, ein Kind sei auch dabei gewesen. »Sonst
saubere militärische Aktion«, sagte Hans Meyer.

Sie fuhren etwas über eine Stunde, dann wurde
die Straße schmaler, die Scheinwerfer des Lkw blieben dicht hinter ihnen. Einmal sah der Dolmetscher
ein Reh, starr und schön, Augen wie Glas.

Als sie anhielten, hatte er die Orientierung verloren. Zwei Busse standen am Rand. Überall waren
Marinesoldaten, vielleicht vierzig, sie sperrten die
Straße ab. Die Gefangenen stiegen vom Lkw. Die
Soldaten fesselten sie, immer zwei Männer am linken Arm, einer musste vorwärts, der andere rückwärts gehen.

Der Dolmetscher blieb bei den Gefangenen und
übersetzte die Anweisungen der Deutschen. Dann
folgte er Meyer und den Soldaten in die Schlucht. Er
stolperte, riss sich die Handkante am Fels auf, griff in
das nasse Moos auf den Steinen. Unten, nach einer
Biegung, hielten sie auf einer schmalen Talsohle an.
Dünner Nebel hing an den Wänden. Vor ihnen lag
eine Grube, andere Gefangene mussten sie ausgeho-

ben haben, die Ränder waren mit Brettern befestigt. Der Dolmetscher konnte nicht anders, er musste runtersehen.

Plötzlich ging alles sehr schnell. Zehn Soldaten stellten sich in einer Reihe auf, fünf, sechs Meter von der Grube entfernt. Fünf Gefangene wurden zur Grube geführt, bis sie auf einer Holzlatte standen. Sie sahen in die Mündungen der Gewehre, die Augen unverbunden. Keine Erklärung, kein Priester, niemand sprach. Der Offizier gab die Kommandos: »Entsichert«, »Legt an«, »Feuer frei«. Dann sofort zehn Schüsse. Die Felsen warfen das Echo zurück. Die Männer fielen rückwärts in das Loch. Danach brachten die Soldaten weitere fünf Partisanen. Zwischendurch kletterte ein älterer Unteroffizier mit Pistole über eine kleine Leiter in die Grube. Er trug Gummistiefel, seine Lederstiefel wollte er nicht schmutzig machen. Zwei Männern schoss er dort unten in den Kopf. »Als ob es jetzt noch Gnade gäbe«, dachte der Dolmetscher.

Die Partisanen auf den Holzbrettern sahen ihren eigenen Tod. Ihre Vorgänger lagen unten im Dreck, übereinander, Beine und Arme grotesk verdreht, aufgeplatzte Köpfe, Blut auf den Jacken, Blut in den Schlammpfützen. Sie wehrten sich trotzdem nicht. In der Tagesmeldung würde später stehen: »Sühnemaßnahme durchgeführt. Keine besonderen Vorkommnisse.« Nur einer hielt sich nicht an die Abläufe: Der Mann sah nicht zu den Soldaten, er sah zum Himmel, er riss die Arme hoch. »Viva Italia«, schrie er. Und dann schrie er es noch einmal: »Viva Italia.« Seine Stimme klang unwirklich. »Nackt«, dachte der Dolmetscher. Ein Soldat verlor die Nerven, er schoss zu früh, ein einzelner Schuss in den Schrei. Der Dolmetscher sah, wie das Projektil in die Brust des Mannes schlug, ihn umriss, die Arme waren noch ausgestreckt. Das Gesicht des Soldaten, der zu früh geschossen hatte: sehr jung, fast noch ein Kind, sein Mund offen, das Gewehr noch immer im Anschlag. Der junge Mann würde nie jemandem von diesem Tag erzählen. Das war kein Krieg mehr, keine Schlacht, kein Feindkontakt. Menschen töteten andere Menschen, das war alles. Der Dolmetscher sah die Augen des jungen Mannes, vielleicht hatte er vor Kurzem noch auf einer Schulbank oder in einem Hörsaal gesessen. Solange der Dolmetscher lebte, würde er sich daran erinnern – es war ein Moment der Wahrheit, aber der Dolmetscher wusste nicht, welcher.

Irgendwann war es vorbei. Die Soldaten schaufelten die Grube zu, in der die toten Männer lagen. Am Ende wuchteten sie einen großen Stein auf die Stelle. Während der Rückfahrt sprach niemand im Wagen. Als der Dolmetscher in Genua wieder sein

Fahrrad bestieg, hatte der Tag längst begonnen. Er wollte nicht nach Hause, er wollte seine Frau und seine Kinder nicht ansehen. Er fuhr zum Meer, legte sich an den Strand und sah hinaus auf die Wellen.

Am Abend betrank sich der Dolmetscher. Als er nach Hause kam, erzählte er seiner Frau von dem Morgen in der Schlucht. Sie saßen in der Küche, seine Frau starrte ihn an, bis er zu Ende erzählt hatte. Dann stand sie auf und schlug ihm ins Gesicht, immer wieder, bis sie erschöpft war und nicht mehr schlagen konnte. So standen sie lange im Dunkeln. Irgendwann schaltete er das Licht ein und gab ihr die Liste mit den Namen der Gefangenen, die er im Gefängnis eingesteckt hatte. Seine Frau las sie laut vor. Der erste Name war Nicola Collini.

Vier Tage später erreichten die Nachrichten das Dorf der Collinis. Onkel Mauro beugte sich nachts über den Jungen und küsste ihn auf die Augen.

»Fabrizio«, sagte er zu dem schlafenden Kind, »du bist jetzt mein Sohn.«

17

»Der Dolmetscher«, sagte Leinen, »ist 1945 von dem Außerordentlichen Schwurgericht in Genua zum Tode verurteilt worden.« Dann setzte er sich.

Die Stille im Verhandlungssaal war unerträglich. Selbst die Vorsitzende sah bewegungslos zu, wie Leinen seine Papiere zusammenlegte. Endlich wandte sie sich an Oberstaatsanwalt Reimers.

»Möchte die Staatsanwaltschaft Stellung nehmen?«

Mit der Frage löste sich die Spannung im Saal. Oberstaatsanwalt Reimers winkte ab. Er sagte, er wolle sich erst nach Prüfung der Unterlagen äußern. Man verstand ihn kaum.

Die Vorsitzende sah Mattinger an. »Die Nebenklage, möchten Sie etwas erklären?«

Mattinger stand auf. »Die Ereignisse, die der Verteidiger geschildert hat, sind so grauenhaft, dass ich Zeit brauche. Ich glaube nicht, dass es hier im Saal jemandem anders geht«, sagte er. »Aber eines verstehe ich einfach nicht. Ich frage mich: Warum erst jetzt? Wenn es stimmt, was hier vorgetragen wurde, gibt es doch eine Frage: Warum hat der Angeklagte so lange gewartet, bis er Hans Meyer getötet hat.«

Leinen wollte sagen, dass sein Mandant sich später dazu schriftlich äußern werde. Er merkte nicht, dass Collini sich neben ihm bewegte. Der große Mann erhob sich und sah Mattinger regungslos an. Dann sagte er: »Meine Tante ...« Das erste Mal hörte man seine dunkle, weiche Stimme. Leinen fuhr herum. »Bitte, lassen Sie mich«, sagte Collini leise zu ihm. Dann wandte er sich wieder an Mattinger. »Mein Onkel lebt schon lange nicht mehr. Tante Giulia starb am 1. Mai 2001. Sie hatte es kaum ertragen, dass ich wegen der Arbeit in das Land der Mörder gehe. Aber wenn auch ich in ein Gefängnis der Deutschen komme, hätte es sie umgebracht. Ich musste ihren Tod abwarten. Erst dann konnte ich Meyer töten. Das ist die ganze Geschichte.« Collini setzte sich hin. Er war vorsichtig dabei, er wollte kein Geräusch machen. Mattinger sah ihn einen Moment an, dann nickte er.

»Frau Vorsitzende«, sagte er. »Ich würde gerne meine weitere Stellungnahme erst am nächsten Verhandlungstag abgeben.«

Die Vorsitzende schloss die Sitzung.

Leinen ging zur Parkgarage des Gerichts und holte seinen Wagen. Er fuhr lange durch die Stadt. An einer Straßenkreuzung saß ein Obdachloser mit einem Pappbecher. Unter den Linden zeigte ein Lehrer seiner Schulklasse das Denkmal Friedrichs des Großen und dann das Mahnmal der Bücherverbrennung. Ein Politiker versprach von einer Plakatwand Aufschwung und niedrige Steuern. Leinen hätte gerne mit jemandem gesprochen, aber es war niemand da, mit dem er hätte sprechen können. Er fuhr zum Trödelmarkt auf der Straße des 17. Juni und schlenderte an den Ständen vorbei. Hier sammelte sich, was übrig blieb, wenn die Wohnung eines Toten aufgelöst wurde: Besteck, Leuchter, Kunstdrucke, Kämme, Gläser, Möbel. Eine junge Frau probierte einen Pelz an, sie posierte vor ihrem Freund und machte einen Schmollmund. Ein Mann verkaufte alte Illustrierte und pries sie an, als wären sie gerade erschienen. Leinen hörte ihm eine Zeit lang zu, dann ging er zurück zu seinem Wagen.

18

Am nächsten Prozesstag stand Mattinger sofort auf, nachdem die Vorsitzende alle begrüßt hatte. Er sah heute anders aus als die beiden Tage zuvor. Die Quer- und Längsfalten auf seiner Stirn schienen tiefer, er war konzentriert und voller Energie. Die Vorsitzende erteilte ihm das Wort.

»Meine Damen und Herren Richter«, sagte er. »Der Verteidiger hat uns am letzten Verhandlungstag das Motiv für die Tat des Angeklagten geliefert: Der Vater des Angeklagten wurde auf Befehl von Hans Meyer erschossen. Fabrizio Collini rächt ihn siebenundfünfzig Jahre später. Nun ist es natürlich so, dass ein Motiv ehrenhaft sein kann. Sollte aber die Erschießung von Fabrizio Collinis Vater nach damaligem Recht erlaubt gewesen sein, erscheint das Motiv in einem ganz anderen Licht. Dann nämlich tötete Collini einen Mann, der nur das tat, was Recht und Gesetz war.«

Mattinger holte Luft und drehte sich zu Leinen. »Davon abgesehen, ist es auch eine der Aufgaben der Nebenklage, das Opfer zu schützen. Und das Opfer in diesem Prozess ist nicht der Angeklagte, sondern immer noch Hans Meyer.«

»Ich verstehe nicht, worum es Ihnen geht«, unterbrach ihn die Vorsitzende.

Mattinger hielt einen Stapel Zeitungen in die Luft. Er wurde lauter: »Dem Verteidiger ist es gelungen, Hans Meyer als kalten Mörder darzustellen. Jede Zeitung schreibt über seine grausamen Taten, Sie haben es sicher selbst gelesen.« Er warf die Zeitungen auf seinen Tisch. »Es ist daher unvermeidlich, jetzt eine Sachverständige zu hören, die uns erklärt, ob Hans Meyer wirklich ein Mörder war. Auf einen Schlag muss ein Gegenschlag erfolgen – so sieht es die Strafprozessordnung an vielen Stellen. Anders gesagt: Wir können nicht monatelang das Gericht mit einer Beweisaufnahme zu den Erschießungen beschäftigen, um dann zu hören, dass sie erlaubt waren.«

Mattinger zog seine Lesebrille ab, stützte sich auf den Tisch und sah die Vorsitzende an. »Ich bitte daher das Gericht, mir zu erlauben, die Leiterin des Bundesarchivs in Ludwigsburg als Sachverständige zu hören. Ich habe Frau Dr. Schwan heute hierher gebeten, sie wartet vor dem Saal.«

»Das ist ein sehr ungewöhnliches Vorgehen, Herr Mattinger«, sagte die Vorsitzende und schüttelte den Kopf. »Sie haben keinen Beweisantrag gestellt, und Frau Dr. Schwan ist nicht geladen.«

»Ich bin mir dessen bewusst«, sagte Mattinger. »Und ich bitte das Gericht um Nachsicht. Aber im Interesse der Nebenklage musste ich schnell handeln.«

Die Vorsitzende sah zu den Richtern, die links und rechts von ihr saßen. Beide nickten. »Wir haben heute keine anderen Zeugen geladen. Wenn Staatsanwaltschaft und Verteidigung auch keine Einwände erheben, lasse ich Frau Dr. Schwan als Sachverständige zu. Aber ich sage Ihnen gleich, Herr Mattinger, das wird das einzige Mal sein, dass ich so einen Zirkus mitmache.«

»Vielen Dank«, sagte Mattinger und setzte sich.

Die Vorsitzende ließ durch einen Wachtmeister die Sachverständige ausrufen. Sie betrat den Saal und ging zur Zeugenbank. Zurückgekämmte Haare, kaum geschminkt, kluges Gesicht. Sie öffnete ihren Koffer und legte etwa zehn hellgraue Dokumentenmappen vor sich auf den Tisch. Dann sah sie die Vorsitzende an und lächelte kurz.

»Könnten Sie uns bitte Ihren Namen und Ihr Alter in vollen Jahren nennen?«, fragte die Vorsitzende.

»Ich heiße Dr. Sybille Schwan und bin neunund-
dreißig Jahre alt.«

»Und Sie sind von Beruf?«

»Ich bin Historikerin und Juristin, zurzeit bin ich
die Leiterin des Bundesarchivs in Ludwigsburg.«

»Sind Sie mit dem Angeklagten verwandt oder
verschwägert?«

»Nein.«

»Frau Dr. Schwan, das Gesetz schreibt mir vor, Sie
zu belehren. Sie müssen Ihr Gutachten unparteiisch
und nach bestem Wissen und Gewissen erstatten.
Sie können vereidigt werden. Der Meineid ist mit
mindestens einem Jahr Freiheitsstrafe bedroht.« Die
Vorsitzende wandte sich an Mattinger. »Herr Mattinger, Sie haben Frau Dr. Schwan zu Gericht gebeten.
Das Gericht kennt das Thema nicht, zu dem Sie die
Sachverständige befragen wollen. Ich gebe Ihnen daher direkt das Fragerecht. Also bitte, fangen Sie an.«
Die Vorsitzende lehnte sich zurück.

»Danke sehr.« Mattinger sah über seine Lesebrille
hinweg die Sachverständige an. »Frau Dr. Schwan,
können Sie uns etwas über Ihre Biografie und Ausbil-
dung sagen?«

»Ich habe in Bonn Jura und mittelalterliche Geschichte studiert. In beiden Fächern habe ich Examina abgelegt, in Geschichte habe ich promoviert.
Danach habe ich zwei Jahre Referendariatsdienst in

der Archivarschule in Marburg absolviert. Seit anderthalb Jahren leite ich die Außenstelle des Bundesarchivs in Ludwigsburg.«

»Was ist das für ein Archiv?«

»1958 wurde die ›Zentrale Stelle der Landesjustizverwaltungen zur Aufklärung nationalsozialistischer Verbrechen‹ gegründet. In Ludwigsburg gab es freie Diensträume, daher wurde diese ›Zentrale Stelle‹ dort errichtet. In die ›Zentrale Stelle‹ wurden Richter und Staatsanwälte aller Bundesländer entsandt. Sie sollten möglichst sämtliche noch vorhandenen Unterlagen über die Verbrechen der Nazis sammeln, Vorermittlungen durchführen und die Verfahren dann an die zuständigen Staatsanwaltschaften abgeben. Am 1. Januar 2000 wurde in diesem Ludwigsburger Gebäude eine Außenstelle des Bundesarchivs errichtet. Wir verwalten die Unterlagen der ›Zentralen Stelle‹. Es sind etwa achthundert bis tausend laufende Meter Archivgut.«

»Sie haben also beruflich als Leiterin des Archivs mit Geisel- und Partisanenerschießungen im Dritten Reich zu tun.«

»Ja.«

»Können Sie uns mit einfachen Worten erklären, was eine Partisanenerschießung eigentlich ist?«

»Deutsche und Alliierte haben im Zweiten Weltkrieg Zivilisten erschossen. Es sollte eine Sühne für

Anschläge auf die eigenen Streitkräfte sein und die Bevölkerung zwingen, keine weiteren Anschläge mehr zu begehen.«

»Ich verstehe. Gab es so etwas oft?«

»Ja, sehr oft. Zum Beispiel wurden alleine in Frankreich dreißigtausend Menschen erschossen. Insgesamt gehen die Zahlen in die Hunderttausende.«

»Und gab es nach dem Untergang des Nationalsozialismus Strafprozesse wegen dieser Erschießungen?«

»Ja, in vielen Ländern. Zum Beispiel in Frankreich, Norwegen, den Niederlanden, Dänemark, Österreich, in Italien vor dem britischen Militärgerichtshof und in Deutschland vor dem amerikanischen Militärgerichtshof in Nürnberg. Später gab es natürlich auch in der Bundesrepublik Prozesse.«

»Mit welchem Ergebnis?«

»Unterschiedlich. Es gab Freisprüche und Verurteilungen.«

»Wie sah es zum Beispiel das amerikanische Militärgericht in Nürnberg?«

»In dem sogenannten Geisel-Prozess wurde deutschen Generälen die hunderttausendfache Tötung unschuldiger Zivilisten in Griechenland, Albanien und Jugoslawien vorgeworfen. Die Anklage hielt es für strafbar.«

»Und wie entschied das Gericht?«

»Das Gericht sagte, die Tötung sei ein ›barbarisches Überbleibsel aus der Vorzeit‹. Aber ...«

»... aber was?«, fragte Mattinger.

»Aber es sei in extremen Fällen erlaubt gewesen.«

»Erlaubt? Das Töten unschuldiger Zivilisten sei erlaubt? Unter welchen Voraussetzungen sollte das so sein?«, fragte Mattinger.

»Unter einer ganze Reihe von Bedingungen. Zum Beispiel durften auf keinen Fall Frauen und Kinder getötet werden. Die Tötung durfte nicht grausam sein. Die Menschen durften vor der Hinrichtung nicht gefoltert werden. Es musste auch ernsthaft versucht werden, die eigentlichen Täter der Anschläge zu ergreifen.«

»Gab es noch weitere Voraussetzungen?«

»Ja. Die Erschießung musste danach veröffentlicht werden. Nur so konnte die übrige Bevölkerung überhaupt von weiteren Anschlägen abgehalten werden. Umstritten blieb, in welchem Verhältnis eine Erschießung gerechtfertigt sein könnte.«

»Was meinen Sie damit?«, fragte Mattinger.

»Durfte man für einen toten Soldaten einen Zivilisten erschießen? Oder zehn? Oder tausend?«, sagte die Sachverständige.

»Und wie wurde diese Frage beantwortet?«

»Sehr unterschiedlich. Eine feste Regel gibt es nach dem Völkerrecht nicht. Hitler hat 1941 in einem

Befehl eine Quote 1:100 gefordert – das wäre sicher nie durch das Völkerrecht gedeckt.«

»Was ist die äußerste Grenze?«, fragte Mattinger.

»Das lässt sich nicht pauschal beantworten. Es dürfen jedenfalls keine Exzesse sein.«

»Vielen Dank, Frau Dr. Schwan. Kommen wir zum eigentlichen Thema. Sind Sie mit der Akte Hans Meyer vertraut?«

»Ja, das bin ich.«

»Gehen wir es mal im Einzelnen durch. Italienische Partisanen zünden 1944 eine Bombe in einem Café in Genua. Zwei deutsche Soldaten werden durch den Anschlag getötet. Wäre das nach den Kriterien, die Sie genannt haben, ein Anschlag?«

»Ja.«

»Der Sicherheitsdienst suchte nach dem Anschlag die verantwortlichen Partisanen. Sie wurden nicht gefunden. Würden Sie sagen, dass diese, von Ihnen genannte Voraussetzung erfüllt ist?«

»Ja, das würde ich.«

»Hans Meyer lässt auf übergeordneten Befehl zwanzig Partisanen erschießen. Das Verhältnis betrug 1:10. War die Quote zu hoch, oder war das noch erlaubt?«

»Das kann ich nicht eindeutig sagen. Wahrscheinlich wird man sie noch als erlaubt ansehen müssen.«

»Aber«, sagte Mattinger, »die Gerichte haben verboten, Frauen und Kinder zu erschießen, oder?«

»Ja. Das war nie erlaubt. In all diesen Fällen wurden die Täter verurteilt.«

»Hier waren es nach der Akte nur erwachsene Männer. Der Jüngste war vierundzwanzig Jahre alt. Also auch das erlaubte das Völkerrecht?«

»Ja.«

»Wurden Ihrer Kenntnis nach die Männer zuvor gefoltert, um etwas von ihnen zu erfahren – was natürlich ebenfalls verboten wäre?«

»Nein. Dazu gibt es in der Akte keine Aussagen.«

»Wurde die Erschießung der Partisanen veröffentlicht?«, fragte Mattinger.

»In der Akte befinden sich Artikel dazu aus drei lokalen Zeitungen. Das dürfte nach den Grundsätzen des Völkerrechts ausreichen.«

Mattinger wandte sich an das Gericht. »Mit anderen Worten: Alle Kriterien, die die Sachverständige genannt hat, wurden erfüllt.« Er zog seine Brille ab und legte die Akten vor sich zur Seite. »Frau Dr. Schwan, wurde denn überhaupt jemals ein Verfahren gegen Hans Meyer geführt?«

»Ja.«

»Ja?« Mattinger tat so, als sei er überrascht. »Die Staatsanwaltschaft hat tatsächlich gegen Hans Meyer ermittelt?«

»Ja, die Staatsanwaltschaft in Stuttgart.«

»Wann war das?«

»1968, ’69.«

»Und kam es zu einer Verurteilung von Hans Meyer?«

»Nein.«

»Nein? … Wurde er angeklagt?«

»Nein.«

»Wurde er überhaupt einmal vernommen?«

»Nein.«

»Ah ja, ich verstehe.« Mattinger drehte sich auf seinem Stuhl halb zur Zuschauer- und Pressebank. »Er wurde noch nicht einmal vernommen … Das ist interessant … Obwohl also die Staatsanwaltschaft Stuttgart ein Verfahren gegen Hans Meyer wegen dieser Vorwürfe führte, obwohl ermittelt und eine Akte angelegt wurde, wurde er weder angeklagt noch verurteilt. Wir haben ja eben gehört, dass Hans Meyer alle Kriterien einer erlaubten Geiselerschießung erfüllte. Deshalb meine abschließende Frage, Frau Dr. Schwan: Was passierte mit dem Verfahren gegen Hans Meyer?«

»Es wurde eingestellt.«

»Ganz richtig, das Verfahren wurde eingestellt«, sagte Mattinger. »Am 7. Juli 1969 stellte die Staatsanwaltschaft Stuttgart die Ermittlungen gegen Hans Meyer ein.«

»Das trifft zu.« Die Sachverständige sah hilfesuchend zu Leinen. Er nickte kaum merklich.

»Danke, Frau Dr. Schwan.« Mattinger wandte sich an das Gericht. »Ich habe keine weiteren Fragen an die Sachverständige.« Er hatte gewonnen: Hans Meyer war kein Mörder mehr. Mattinger lächelte.

»Wir unterbrechen jetzt für die Mittagspause«, sagte die Vorsitzende.

Leinen drehte sich zu Collini, dessen Kopf war gebeugt, die Hände lagen schwer in seinem Schoß. Der große Mann hatte geweint.

Mattinger hatte nur zwei Stunden gebraucht, um Collinis Vater noch einmal zu töten.

»Es ist noch nicht vorbei«, sagte Leinen. Collini reagierte nicht.

Vor dem Saal beantwortete Mattinger die Fragen der Presse. Leinen ging an ihm vorbei nach draußen. Auf dem Bürgersteig standen Reporter, einer lief ihm kurz hinterher, aber Leinen beachtete ihn nicht. In einer Seitenstraße blieb er stehen, ließ die Tasche fallen und lehnte sich an die Häuserwand. Ein Krampf im Oberschenkel ließ nur langsam nach. Leinen ging an einem Seitengebäude des Gerichts vorbei, er wollte in den kleinen Park. Auf der hohen Ziegelmauer in der Wilsnackerstraße sah er eine Gedenktafel, sie war ihm zuvor nie aufgefallen: »Der Wahn allein war Herr in diesem Land«, ein Auszug aus den Moabiter Sonetten von Albrecht Haushofer. Haushofer hatte das Gedicht im Gefängnis geschrieben, 1945 wurde er von den Nazis erschossen. Leinen ging durch den Eingang, dahinter lag ein winziger Notfriedhof. Die Stadt hatte eine Betonstele aufgestellt: »Sie starben bei Kampfhandlungen, im Luftschutzkeller, beim Beschaffen des Lebensnotwendigen, durch Genickschuss oder begingen Selbstmord.« Er setzte sich auf eine Bank. Dreihundert Tote aus den letzten Kriegstagen lagen hier, ein unwirklicher Ort mitten in der Stadt.

Leinen konnte sich den Krieg nicht vorstellen. Sein Vater hatte von der Kälte erzählt, von Krankheiten und Schmutz, von eisenbehangenen Soldaten, dem Mangel, dem Tod und der Angst. Er selbst hatte unzählige Filme gesehen, Bücher und Aufsätze gelesen. In fast jedem Fach der Schule hatten sie das Dritte Reich durchgenommen, viele seiner Lehrer hatten in den Sechzigerjahren studiert, sie wollten es besser als ihre Eltern machen. Aber am Ende blieb alles nur eine ferne Welt. Leinen schloss die Augen und versuchte sich zu entspannen.

Als kurz nach zwei Uhr nachmittags alle wieder im Verhandlungssaal Platz genommen hatten, sagte die Vorsitzende: »Das Gericht hat keine Fragen an die Sachverständige. Herr Oberstaatsanwalt, haben

Sie Fragen?« Reimers schüttelte den Kopf. Sie wandte sich an Leinen: »Herr Verteidiger ...«

Auf der Wanduhr über den Zuschauern war es 14:06 Uhr. Die Zuschauer, die Journalisten, die Richter, der Staatsanwalt, Mattinger und die Sachverständige – alle sahen Leinen an, alle warteten. Licht fiel durch die hohen gelben Fenster und brach sich in der Brille der Vorsitzenden. Staub stand in der Luft. Draußen auf der Straße hupte ein Wagen.

Die Vorsitzende sagte: »Offenbar will auch die Verteidigung keine Fragen stellen. Gibt es Anträge auf Vereidigung der Sachverständigen? Nein? Gut. Kann die Sachverständige entlassen werden?« Reimers und Mattinger nickten. »Dann danke ich Ihnen für Ihr kurzfristiges Erscheinen, Frau Dr. Schwan, und ...«

»... ich habe noch ein paar Fragen«, unterbrach Leinen laut. Mattinger öffnete den Mund, aber er sagte nichts.

»Ziemlich spät, Herr Verteidiger. Aber bitte.« Die Vorsitzende war ärgerlich.

Leinens Stimme hatte sich verändert, sie hatte jetzt nichts Weiches mehr. »Frau Dr. Schwan, können Sie uns sagen, wer die Strafanzeige gegen Hans Meyer erstattet hat?«

»Es war Ihr Mandant, Fabrizio Collini.«

Einer der Richter hob mit einem Ruck seinen

Kopf. Niemand hatte das gewusst. Mattingers Gesicht wurde weiß.

»Wann hat die Staatsanwaltschaft die Ermittlungen eingestellt?«, fragte Leinen.

Die Sachverständige blätterte in den Akten: »Am 7. Juli 1969. Fabrizio Collini erhielt den Einstellungsbescheid am 21. Juli 1969.«

»Nur zur Klarstellung: Wir sprechen jetzt über die Einstellung, nach der Herr Mattinger Sie vor der Mittagspause gefragt hat?«

»Ja.«

»Hat die Staatsanwaltschaft Stuttgart das Verfahren gegen Hans Meyer eingestellt, weil die Partisanenerschießung erlaubt war?«

»Nein.«

»Was? Nein?« Leinen wurde laut. Er spiegelte das Erstaunen aller im Saal. Aller außer ihm selbst. »Aber das haben Sie uns doch eben gesagt.«

»Nein, das habe ich nicht. Herr Mattinger hat nur geschickt gefragt, der Eindruck konnte vielleicht entstehen. Ich habe aber lediglich gesagt, dass die Ermittlungen eingestellt wurden. Der Grund dafür war jedoch ein ganz anderer.«

»Ein anderer Grund? Hat die Erschießung etwa nie stattgefunden?«

»Doch.«

»Dann war Hans Meyer nicht beteiligt?«

»Hans Meyer war der befehlshabende Offizier.«

»Das verstehe ich nicht. Warum wurde das Verfahren gegen ihn dann eingestellt?«

»Ganz einfach …« Sie ließ sich mit der Antwort Zeit. Leinen wusste, dass diese Frage ihr großes Thema war. Sie hatten das stundenlang in Ludwigsburg zusammen diskutiert. »… die Taten waren verjährt.«

Im Saal wurde es unruhig.

»Verjährt?«, wiederholte Leinen. »Ob Hans Meyer schuldig war, wurde nie untersucht?«

»So ist es.«

»Wenn ich Sie also richtig verstanden habe, hat mein Mandant der Staatsanwaltschaft den Mann genannt, der seinen Vater hat erschießen lassen. Fabrizio Collini hat sich an alles gehalten, was der Rechtsstaat von ihm verlangt: Er hat Strafanzeige erstattet. Er hat die Beweise benannt. Er hat auf die Behörden vertraut. Und dann bekommt er ein Jahr später einen Brief mit einem einzelnen Blatt Papier, auf dem steht, das Verfahren sei eingestellt, weil die Tat verjährt ist?«

»Ja. Die Tat verjährte durch ein Gesetz, das am 1. Oktober 1968 in Kraft trat.«

Die Journalisten hatten ihre Blöcke wieder aus ihren Taschen geholt und schrieben mit.

Leinen tat immer noch erstaunt. »Wie bitte? 1968

war doch das Jahr der Studentenrevolten. Das Land war im Ausnahmezustand. Die Studenten machten ihre Eltern für das Dritte Reich verantwortlich. Und in ausgerechnet diesem Jahr – 1968 – soll vom Bundestag beschlossen worden sein, dass solche Taten verjähren?«

Mattinger erhob sich, er hatte sich wieder gefangen: »Ich beanstande die Frage. Wo sind wir hier eigentlich? Ist das ein Strafprozess oder eine Geschichtsvorlesung? Das hat nichts mehr mit dem Verfahren zu tun. Der Bundestag wollte offenbar damals, dass diese Verbrechen verjähren sollen. Nicht der Gesetzgeber steht hier vor Gericht, sondern der Angeklagte.«

»Im Gegenteil, das hat sehr viel mit der Schuldfrage zu tun, Herr Mattinger«, sagte Leinen. Seine Stimme war hart. »Es ändert zwar nichts daran, dass Collini getötet hat. Aber wie Sie selbst sagten, kann es ein großer Unterschied sein, ob seine Tat willkürlich war oder ob sie nachvollziehbar ist.«

Die Vorsitzende drehte ihren Füller langsam in ihrer Hand. Sie sah erst Mattinger und dann Leinen an. »Ich lasse die Frage zu«, sagte sie schließlich. »Sie berührt das Motiv des Angeklagten und damit kann sie für die Schuldfrage entscheidend sein.« Mattinger setzte sich wieder, es hatte keinen Sinn, sich gegen die Entscheidung zu beschweren.

»Können Sie die Frage noch einmal stellen?«, sagte Frau Dr. Schwan.

»Gerne. Aber ich will sie anders formulieren«, sagte Leinen. »Herr Mattinger hat eben gesagt, dass der Bundestag 1968 gewollt hätte, dass die nationalsozialistischen Verbrechen verjähren. Ich frage Sie als Historikerin: Stimmt das?«

»Nein. Die Sache ist viel komplizierter.«

»Komplizierter?«

»Es gab in diesen Jahren eine große Debatte in Deutschland. Alle Verbrechen aus der Zeit des Dritten Reiches waren seit 1960 verjährt. Nur die Mordtaten nicht. Man wollte sie weiter verfolgen. Aber dann kam es zu einer Katastrophe.«

»Was ist passiert?« Natürlich kannte Leinen die Antwort, aber er musste die Sachverständige so durch die Befragung führen, dass alle verstanden, worum es ging.

»Am 1. Oktober 1968 wurde ein ganz und gar unscheinbares Gesetz erlassen. Es hieß EGOWiG, also ›Einführungsgesetz zum Ordnungswidrigkeitengesetz‹. Das Gesetz schien sogar so unwichtig, dass es im Bundestag nicht einmal diskutiert wurde. Niemand der Abgeordneten begriff, was es bedeutete. Keiner sah, dass es die Geschichte verändern würde.«

»Das müssen Sie uns bitte näher erklären.«

»Das Ganze begann mit einem Mann namens Dr.

Eduard Dreher. Dreher war im Dritten Reich Erster Staatsanwalt am Sondergericht Innsbruck. Wir wissen nicht viel über ihn in dieser Zeit, aber das, was wir wissen, ist schrecklich. So beantragte er zum Beispiel die Todesstrafe gegen einen Mann, der Lebensmittel gestohlen hatte. Auch für eine Frau, die illegal ein paar Kleiderkarten gekauft hatte, wollte er die Todesstrafe. Ihre Verurteilung zu fünfzehn Jahren Zuchthaus reichte Dreher nicht, er ließ sie in ein Arbeitserziehungslager bringen.«

»Arbeitserziehungslager?«

»Vergleichbar mit einem Konzentrationslager«, sagte die Sachverständige. »Nach der Kapitulation ließ sich Dreher in der Bundesrepublik zunächst als Rechtsanwalt nieder. Aber 1951 holte man ihn ins Bundesjustizministerium, und sein Aufstieg begann. Dreher wurde Ministerialdirigent und Leiter der Strafrechtsabteilung.«

»Wusste man von Drehers Vergangenheit?«

»Ja.«

»Und trotzdem ist er eingestellt worden?«, fragte Leinen.

»Ja.«

»Was passierte mit dem Gesetz?«

»Man muss zunächst wissen, dass nach der Rechtsprechung nur die höchste Führung der Nazis Mörder waren«, sagte die Sachverständige. »Alle anderen galten als Mordgehilfen. Es gab nur wenige Ausnahmen.«

»Also Hitler, Himmler, Heydrich und so weiter waren die Mörder und die anderen nur ihre Helfer?«

»Ja. Sie galten nur als Befehlsempfänger.«

»Aber ... aber fast jeder im Dritten Reich hat nur Befehle ausgeführt«, sagte Leinen.

»Richtig. Jeder Soldat, der Befehle ausführte, war nach dieser Rechtsprechung nur ein Gehilfe.«

»Und«, fragte Leinen, »wenn ein Mann in einem Ministerium von seinem Büro aus den Abtransport von Juden in ein KZ organisiert hatte, war er nach dieser Rechtsprechung auch kein Täter?«

»Ja. Die sogenannten ›Schreibtischtäter‹ waren danach alle nur Gehilfen. Keiner von ihnen galt vor Gericht als Mörder.«

»Abgesehen davon, dass mir das absurd erscheint – hat sich diese Unterscheidung denn überhaupt in der Strafverfolgung ausgewirkt?«

»Zunächst nicht.«

»Aber Sie sprachen doch von einer Katastrophe«, sagte Leinen.

»Dieses Gesetz von Dreher, das EGOWiG, änderte die Verjährungsfristen. Das kleine Gesetz klang so harmlos, dass keiner bemerkte, was vor sich ging. Die elf Landesjustizverwaltungen, die Mitglieder des Bundestages, der Bundesrat und die Rechtsausschüsse – jeder verschlief es. Erst die Presse deckte den Skandal auf. Und als alle wieder aufwachten, war es zu spät. Sehr vereinfacht gesagt, bedeutete das Gesetz, dass bestimmte Mordgehilfen nur wie Totschläger und nicht wie Mörder zu bestrafen sind.«

»Und das hieß ...«

»... das hieß, dass ihre Taten plötzlich verjährt waren. Die Täter kamen frei. Stellen Sie sich vor: Zur gleichen Zeit wurde in Berlin von der Staatsanwaltschaft ein gewaltiges Verfahren gegen das Reichssicherheitshauptamt vorbereitet. Als das EGOWiG erlassen wurde, konnten die Staatsanwälte ihre Sachen wieder einpacken. Die Beamten in diesem Amt, die die Massaker in Polen und der Sowjetunion organisiert hatten, die Männer, die für den millionenfachen Tod von Juden, Priestern, Kommunisten und Roma verantwortlich waren, konnten nicht mehr zur Verantwortung gezogen werden. Drehers Gesetz war nichts anderes als eine Amnestie. Eine kalte Amnestie für fast alle.«

»Aber wieso konnte man das Gesetz nicht einfach wieder zurücknehmen?«

»Das ist ein Grundprinzip des Rechtsstaates. Wenn eine Straftat einmal verjährt ist, kann das nie wieder rückgängig gemacht werden.«

Leinen stand auf. Er ging die wenigen Schritte bis zur Richterbank und nahm einen der grauen Kommentare, die vor der Vorsitzenden auf dem Tisch standen, in die Hand. Er hielt das Buch der Sachverständigen hin. »Verzeihen Sie bitte, ist das dieser Dreher? Dr. Eduard Dreher, der den populärsten Kommentar zum Strafrecht geschrieben hat? Ein Kommentar, der heute auf dem Tisch fast aller Richter, Staatsanwälte und Verteidiger steht?«

»Genau«, sagte die Sachverständige. »Er hat den Kommentar ›Dreher/Tröndle‹ mitverfasst.«

Leinen ließ den Kommentar zurück auf den Tisch der Richter fallen. Dann setzte er sich wieder.

»Wurde Dreher zur Verantwortung gezogen?«

»Nein. Bis heute lässt sich nicht zweifelsfrei belegen, dass Dreher nicht auch einfach nur irrte. Dreher starb 1996 in allen Ehren.«

»Zurück zu unserem Fall«, sagte Leinen. »Sie haben gesagt, dass Partisanenerschießungen grundsätzlich nach dem damals geltenden Völkerrecht unter engen Voraussetzungen erlaubt waren. Wie hätten die Gerichte und die Staatsanwaltschaft in den Sechzigerjahren Hans Meyer beurteilt? Wäre er ein Mörder oder ein Gehilfe gewesen?«

»Das ist natürlich eine sehr theoretische Frage. Wenn ich die Taten Hans Meyers mit anderen Verfahren aus dieser Zeit vergleiche … Ich glaube, diese Partisanenerschießung wäre von den Gerichten nicht für grausam gehalten worden.«

»Wäre das heute anders?«, fragte Leinen.

»Durch den Auschwitz-Prozess in Frankfurt von 1963 bis 1965 wurden zum ersten Mal größere Teile der Bevölkerung mit dem Grauen konfrontiert. Aber erst Ende der Siebzigerjahre drehte sich die Stimmung wirklich. Damals wurde eine amerikanische Serie im deutschen Fernsehen ausgestrahlt. Sie hieß: ›Holocaust‹. Jeden Montag sahen die Sendung zwischen zehn und fünfzehn Millionen Menschen und diskutierten darüber. Wir leben und urteilen heute anders als in den Fünfziger- und Sechzigerjahren.«

»Und was wäre das Ergebnis?«, fragte Leinen.

»Die Partisanen wurden auf Befehl Meyers in eine Grube hineingeschossen. Sie trugen keine Augenbinden. Sie sahen die Toten, auf die sie fielen. Sie mussten anhören, wie ihre Kameraden vor ihnen erschossen wurden. Der Transport zum Ort ihrer Ermordung dauerte Stunden, und sie wussten die ganze Zeit über, dass sie sterben würden. Das Hineinschießen in die Grube erinnert an Massenerschießungen in Konzentrationslagern ... Doch, ich glaube, dass der Bundesgerichtshof die Dinge heute anders beurteilen würde: Meyer wäre als Mordgehilfe anzusehen.«

»Aber wenn ich Sie richtig verstanden habe, hätte das auch nichts genutzt ...«

»Ja, das stimmt. Meyers Tat wäre verjährt. Gesetze und Rechtsprechung hätten ihn geschützt.«

»Ich danke Ihnen, Frau Dr. Schwan.«

Leinen setzte sich wieder. Er war erschöpft.

Die Vorsitzende entließ die Sachverständige unvereidigt. Dann sagte sie: »Wir unterbrechen jetzt. Angesichts der neuen Beweisvorträge wird das Gericht beraten, wie das Programm in den nächsten Wochen aussehen wird. Bitte halten Sie sich in den nächsten Wochen die Montage und Donnerstage für die Sitzungen frei. Fortsetzung der Hauptverhandlung ist nächsten Donnerstag in diesem Saal. Auf Wiedersehen.«

Der Saal leerte sich allmählich. Leinen blieb sitzen. Collini schwieg lange, und Leinen wollte ihn dabei nicht unterbrechen. Irgendwann kam er zurück. »Ich bin nicht so gut mit Worten, Herr Leinen. Ich wollte nur sagen, dass ich nicht glaube, dass wir gewonnen haben. Bei uns sagt man, dass die Toten keine Rache wollen, nur die Lebenden wollen sie. Ich sitze den ganzen Tag in meiner Zelle und denke darüber nach.«

»Das ist ein kluger Satz«, sagte Leinen.

»Ja, ein kluger Satz«, sagte der große Mann, stand auf und gab Leinen die Hand.

Collini musste sich bücken, um durch die kleine Tür zu kommen, die ins Gefängnis führte. Der Wachtmeister schloss hinter ihm ab.

Vor der Saaltür wartete Mattinger. Er hatte eine Zigarre im Mund, und als er Leinen sah, lachte er. »Bravo, Leinen, es ist lange her, dass ich so geschlagen wurde. Auf ganzer Linie. Ich gratuliere Ihnen.«

Sie gingen zusammen die Treppe zum Hauptportal hinunter.

»Sagen Sie, woher haben Sie eigentlich gewusst, dass ich die Leiterin des Archivs als Sachverständige hören wollte?«, fragte Mattinger.

»Sie haben recht, ich habe es tatsächlich gewusst. Frau Dr. Schwan und ich haben uns in Ludwigsburg gut verstanden. Sie rief mich an, nachdem Sie sich bei ihr gemeldet hatten. Ich konnte mich vorbereiten.«

»Sehr gut, so gewinnt man Prozesse. Vermutlich sind Sie im Moment der gefragteste Anwalt der Republik. Aber, mein lieber Leinen, unrecht haben Sie trotzdem.« Der alte Anwalt zog an seiner Zigarre und blies den Rauch in die Luft. »Richter dürfen nicht danach entscheiden, was gerade politisch korrekt erscheint. Wenn Meyer damals richtig handelte, können wir ihm auch heute keinen Vorwurf machen.«

Sie gingen durch das Hauptportal nach draußen.

»Ich glaube, Sie täuschen sich«, sagte Leinen nach einer Weile. »Was Meyer getan hat, war immer objektiv grausam. Dass Richter der Fünfziger- und Sechzigerjahre vielleicht für ihn entschieden hätten, ändert daran nichts. Und wenn sie es heute nicht mehr täten, heißt das nur, dass wir weitergekommen sind.«

»Genau das meine ich, Leinen: Zeitgeist. Ich glaube an die Gesetze, und Sie glauben an die Gesellschaft. Wir werden sehen, wer am Ende recht behält.« Der alte Anwalt lächelte. »Jedenfalls fahre ich jetzt in die Ferien, ich habe einfach keine Lust mehr auf diesen Prozess.«

Vor der Tür wartete Mattingers Fahrer vor seinem Wagen. »Wissen Sie eigentlich, dass Johanna Meyer gestern Justiziar Baumann gefeuert hat? Sie war wirklich empört, als sie erfahren hat, dass dieser Idiot Sie bestechen wollte.«

Mattinger stieg in den Wagen, der Fahrer schloss die Tür. Er ließ das Fenster herunter. »Und wenn Sie nach dem Verfahren immer noch Verteidiger sein wollen, Leinen, kommen Sie zu mir. Ich wäre gerne Ihr Sozius ...«

Der Wagen fuhr los. Leinen sah ihm nach, bis er im Verkehr verschwunden war.

19

Als Leinen aufwachte, war es bereits hell. Die Flügeltüren zu dem kleinen Balkon standen offen. Es war sieben Uhr, in zwei Stunden würde der zehnte Prozesstag beginnen. In Shorts und T-Shirt ging er in die Küche, kochte Kaffee und zündete sich eine Zigarette an. Er holte die Zeitung aus dem Flur, zog einen Mantel an und setzte sich mit der Tasse auf den Balkon.

Als er den Gerichtssaal gegen neun Uhr betrat, sagte ein Wachtmeister, die Verhandlung würde heute erst um elf Uhr beginnen: »Anordnung der Vorsitzenden.« Leinen zuckte mit den Schultern, legte Robe und Akten auf seinen Platz und ging nur mit seiner Tasche ins »Weilers«. Der Wind war immer noch kühl, aber man konnte schon draußen sitzen. Ein Journalist kam an seinen Tisch. Er telefonierte laut mit seiner Redaktion, der Beginn der Verhandlung sei verschoben, man wisse nicht, weshalb, er vermute einen neuen Antrag der Verteidigung. Leinen war froh, dass der Mann ihn nicht erkannte. Er sah den Menschen zu, die ins Gericht gingen: Angeklagte, Zeugen, eine Klasse Schulkinder mit ihrem Lehrer. Ein Taxifahrer diskutierte mit einem Polizisten darüber, ob er vor dem Hauptportal parken dürfe. Leinen strich über das weiche Leder seiner Aktentasche, sie war fleckig und an zwei Stellen eingerissen. Sein Vater hatte sie ihm zum Examen geschenkt. Leinens Großvater hätte sie nach Kriegsende in Paris gekauft, sie sei so teuer gewesen, dass seine Großmutter entsetzt gewesen sei. Aber am Ende habe die Tasche sich bewährt, Großvater sei allmählich mit ihr zusammengewachsen. »Eine gute Tasche gibt Haltung«, hatte er immer gesagt.

Kurz vor elf Uhr betrat Leinen wieder den Verhandlungssaal. Die Bank der Nebenkläger war leer. Leinen sah hinter sich in den Glaskäfig. »Wo ist mein Mandant?«, fragte Leinen den Wachtmeister. Der Mann in der graublauen Uniform schüttelte den Kopf. Leinen wollte ihn gerade fragen, was das heißen solle, als die Vorsitzende Richterin in den Saal kam.

»Guten Morgen«, sagte sie, »bitte setzen Sie sich.« Sie klang heute anders als sonst. Sie wartete im Stehen, bis die Prozessbeteiligten, die Pressevertreter und Zuschauer sich beruhigt hatten.

»Frau Vorsitzende, mein Mandant ist noch nicht anwesend, er ist nicht vorgeführt worden. Wir können nicht anfangen«, sagte Leinen.

»Ich weiß«, sagte sie leise zu ihm, fast sanft. Sie wandte sich dann an die Prozessbeteiligten und Zuschauer im Saal. »Der Angeklagte Fabrizio Maria Collini hat sich in der vergangenen Nacht in seiner Zelle das Leben genommen. Der Gerichtsmediziner hat seinen Tod um zwei Uhr vierzig festgestellt.« Sie wartete, bis alle verstanden hatten. »Ich habe daher folgenden Beschluss zu verkünden: Das Verfahren gegen den Angeklagten wird eingestellt. Die Kosten und notwendigen Auslagen trägt die Staatskasse.«

Irgendwo fiel ein Stift runter, er rollte über den Boden, das einzige Geräusch im Saal. Die Protokollführerin begann zu tippen. Die Vorsitzende wartete. Dann sagte sie: »Meine Damen und Herren, die Sitzung der 12. Großen Strafkammer ist damit geschlossen.« Die Richter und Schöffen standen beinahe gleichzeitig auf und verließen den Verhandlungssaal. Es ging sehr schnell. Oberstaatsanwalt Reimers schüttelte den Kopf und schrieb etwas in seine Handakten.

Die Journalisten rannten aus dem Saal, um ihre Zeitungen, ihre Radio- und Fernsehsender anzurufen. Leinen blieb sitzen. Er betrachtete den leeren Stuhl, auf dem Collini immer gesessen hatte, der Stoff war an den Seiten dünn geworden. Ein Wachtmeister gab Leinen einen Umschlag mit der Aufschrift »Verteidigerpost«. Er war noch verschlossen.

»Von Ihrem Mandanten, lag auf dem Tisch«, sagte der Wachtmeister.

Leinen riss den Umschlag auf. Er enthielt nur ein Foto, eine kleine Schwarz-Weiß-Aufnahme, brüchig und ausgeblichen, gezackter weißer Rand. Das Mädchen auf dem Bild war vielleicht zwölf Jahre alt, sie trug eine helle Bluse und sah sehr angestrengt in die Kamera. Leinen drehte es um. Auf der Rückseite stand in der ungelenken Schrift seines Mandanten: »Das ist meine Schwester. Entschuldigung für alles.«

Leinen stand auf, strich über die Lehne des Stuhls und packte seine Sachen zusammen. Er verließ das Gericht durch einen Seitenausgang und fuhr nach Hause.

Johanna saß auf den Stufen vor seinem Haus, den Kragen des dünnen Mantels hatte sie hochgeklappt und hielt ihn vorne zusammen. Ihre Hand war weiß. Leinen setzte sich neben sie.

»Bin ich das alles auch?«, fragte sie. Ihre Lippen zitterten.

»Du bist, wer du bist«, sagte er.

Auf dem Spielplatz vor dem Haus stritten sich zwei Kinder um einen grünen Eimer. In ein paar Tagen würde es wärmer werden.

Anhang

§ 50 StGB lautete bis zum 30. September 1968:

(1) Sind mehrere an einer Tat beteiligt, so ist jeder ohne Rücksicht auf die Schuld des anderen nach seiner Schuld strafbar.

(2) Bestimmt das Gesetz, dass besondere persönliche Eigenschaften oder Verhältnisse die Strafe schärfen, mildern oder ausschließen, so gilt dies nur für den Täter oder Teilnehmer, bei dem sie vorliegen.

Art. 1 Nr. 6 des Einführungsgesetzes zum OWiG trat am 1. Oktober 1968 (BGBl. I, 503) in Kraft. Danach galt § 50 StGB in folgender Fassung:

(1) Sind mehrere an einer Tat beteiligt, so ist jeder ohne Rücksicht auf die Schuld des anderen nach seiner Schuld strafbar.

(2) Fehlen besondere persönliche Eigenschaften, Verhältnisse oder Umstände (besondere persönliche Merkmale), welche die Strafbarkeit des Täters begründen, beim Teilnehmer, so ist dessen Strafe nach den Vorschriften über die Bestrafung des Versuchs zu mildern.

(3) Bestimmt das Gesetz, dass besondere persönliche Merkmale die Strafe schärfen, mildern oder ausschließen, so gilt dies nur für den Täter oder Teilnehmer, bei dem sie vorliegen.

Ich danke Klaus Frings. Ohne seine Ideen und Recherchen hätte ich dieses Buch nicht schreiben können.

Ferdinand von Schirach
Verbrechen

Stories. 208 Seiten. Gebunden

Ein angesehener, freundlicher Herr, Doktor der Medizin,
erschlägt nach vierzig Ehejahren seine Frau mit einer Axt.
Er zerlegt sie förmlich, bevor er schließlich die Polizei in-
formiert. Sein Geständnis ist ebenso außergewöhnlich wie
seine Strafe. Ein Mann raubt eine Bank aus, und so unglaub-
lich das klingt: er hat seine Gründe. Gegen jede Wahr-
scheinlichkeit wird er von der deutschen Justiz an Leib und
Seele gerettet. Eine junge Frau tötet ihren Bruder. Aus
Liebe. Lauter unglaubliche Geschichten, doch sie sind wahr.
Ferdinand von Schirach hat es in seinem Beruf alltäglich mit
Menschen zu tun, die Extremes getan oder erlebt haben.
Das Ungeheuerliche ist bei ihm der Normalfall. Er vertritt
Unschuldige, die mit dem Gesetz in Konflikt geraten,
ebenso wie Schwerstkriminelle. Deren Geschichten erzählt
er – lakonisch wie ein Raymond Carver und gerade des-
wegen mit unfassbarer Wucht.

01/1833/01/R

PIPER

Ferdinand von Schirach

Schuld

Stories. 208 Seiten. Gebunden

Ein Mann bekommt zu Weihnachten statt Gefängnis neue
Zähne. Ein Junge wird im Namen der Illuminaten fast zu
Tode gefoltert. Die neun Biedermänner einer Blaskapelle zer-
stören das Leben eines Mädchens und keiner von ihnen
muss dafür büßen ... Neue Fälle aus der Praxis des Strafver-
teidigers von Schirach – die der Autor von Schirach in
große Literatur verwandelt hat. Mit bohrender Intensität und
in seiner unvergleichlichen lyrisch-knappen Sprache stellt
er leise, aber bestimmt die Frage nach Gut und Böse, Schuld
und Unschuld und nach der moralischen Verantwortung
eines jeden Einzelnen von uns.

01/1887/01/R

Kyung-Sook Shin
Als Mutter verschwand

Roman. 256 Seiten. Piper Taschenbuch

Sie wollte nur ihre erwachsenen Kinder in Seoul besuchen.
Aber als sie mit ihrem Mann am Hauptbahnhof in die
überfüllte U-Bahn steigen will, passiertes: Mutter geht in
der Menschenmenge verloren. Und sie bleibt spurlos verschwunden – obwohl die Familie natürlich alles tut, um sie
zu finden. Die Suche zieht sich über Wochen und Monate
hin und wird immer aussichtsloser. Dabei wird sowohl ihren
Kindern als auch ihrem Mann zum ersten Mal bewusst,
was diese Frau für sie alle war – und vor allem, wer sie
eigentlich war. Ein hinreißender, anrührender, ganz und
gar ungewöhnlicher Roman über Mütter und Kinder, über
die Verwerfungen zwischen den Generationen und über die
alles überbrückende Kraft der Liebe.

01/2005/01/R

PIPER

Julia Schoch
Selbstporträt mit Bonaparte

Roman. 160 Seiten. Gebunden

Weggehen hieß bei Bonaparte wiederkehren so ist es immer
gewesen. Doch diesmal bleibt Bonaparte verschwunden.
Und sie muss sich fragen, ob nur die obsessive Liebe zum Rou-
lette es war, die sie miteinander verband? Julia Schoch erzählt von einer ungewöhnlichen Leidenschaft, messerscharf
und doch poetisch.

»Bevor Bonaparte abgereist ist, haben wir uns geliebt. Nicht
wie sich Paare zum letzten Mal lieben. Aber ich habe ohnehin nie gewusst, was eine Steigerung in dieser Hinsicht bedeu-
ten könnte.«

Seitdem sie ihm auf einer Konferenz in Berlin begegnet ist, bestimmt sein Schicksal ihr Leben. Nun ist Bonaparte, noto-
rischer Spieler und ihr Geliebter, weg. Zögerlich zunächst,
aber auch beharrlich geht sie seinem Verschwinden nach,
hinterfragt ihre Liebe und das, was sie mit Bonaparte verbin-
det. Ist mit dem gemeinsamen Glücksspiel auch ihre Lie-
besgeschichte verlorengegangen?

Auf der Suche nach den verborgenen Fäden der Vergangenheit entsteht gleichzeitig das Porträt unserer Gegenwart, die in
einem Stillstand gefangen zu sein scheint, vor dem uns und die
Erzählerin einzig die Leidenschaft zu retten vermag.

01/1998/01/R

PIPER

Toni Jordan

Die schönsten Dinge

Roman. 288 Seiten. Gebunden

Sie ist klug, attraktiv und engagiert – Ella Canfield scheint Wissenschaftlerin mit Leib und Seele zu sein. Als Evolutionsbiologin forscht sie über ausgestorbene Tiere wie den Tasmanischen Tiger. Ella weiß, was sie will – und hat endlich den idealen Geldgeber für ihr Projekt gefunden: Daniel Metcalf, den gutaussehenden und schwerreichen Vorsitzenden der Metcalf-Stiftung. Daniel interessiert sich brennend für Unternehmungen wie das von Ella. Bedauerlicherweise gibt es zwei Haken an der Sache. Haken Nummer eins: Dr. Ella Canfield heißt in Wirklichkeit Della Gilmore und ist gar keine Wissenschaftlerin. Haken Nummer zwei: Della Gilmore ist zwar ausgesprochen klug, aber nicht klug genug, um der trügerischen Anziehungskraft von Daniel Metcalf zu widerstehen ...

01/1991/01/R